スパイ≒アカデミー
A D E M Y
真実を惑わす琥珀《アンバー》

コレット・アルンデル
Colette Arundel
〈異端を愛する紫水晶（アメジスト）〉
機密情報学部　装備開発科
ミア・ナイトリー
Mia Knightley
〈理想を違えない翡翠（ジェイド）〉
軍事工作学部　狙撃科
シャロン・マリフォード
Sharon Mariford
〈叡智に殉じる水宝玉（アクアマリン）〉
機密情報学部　電子支援科
ミルフィ・シュガー
Millefi Sugar
〈虚飾を許さない瑠璃（ラピスラズリ）〉
秘密工作学部　尋問科
アルマ・クレール
Alma Claire
〈傷つくことを知らない金剛石（ダイヤモンド）〉
軍事工作学部　潜入科

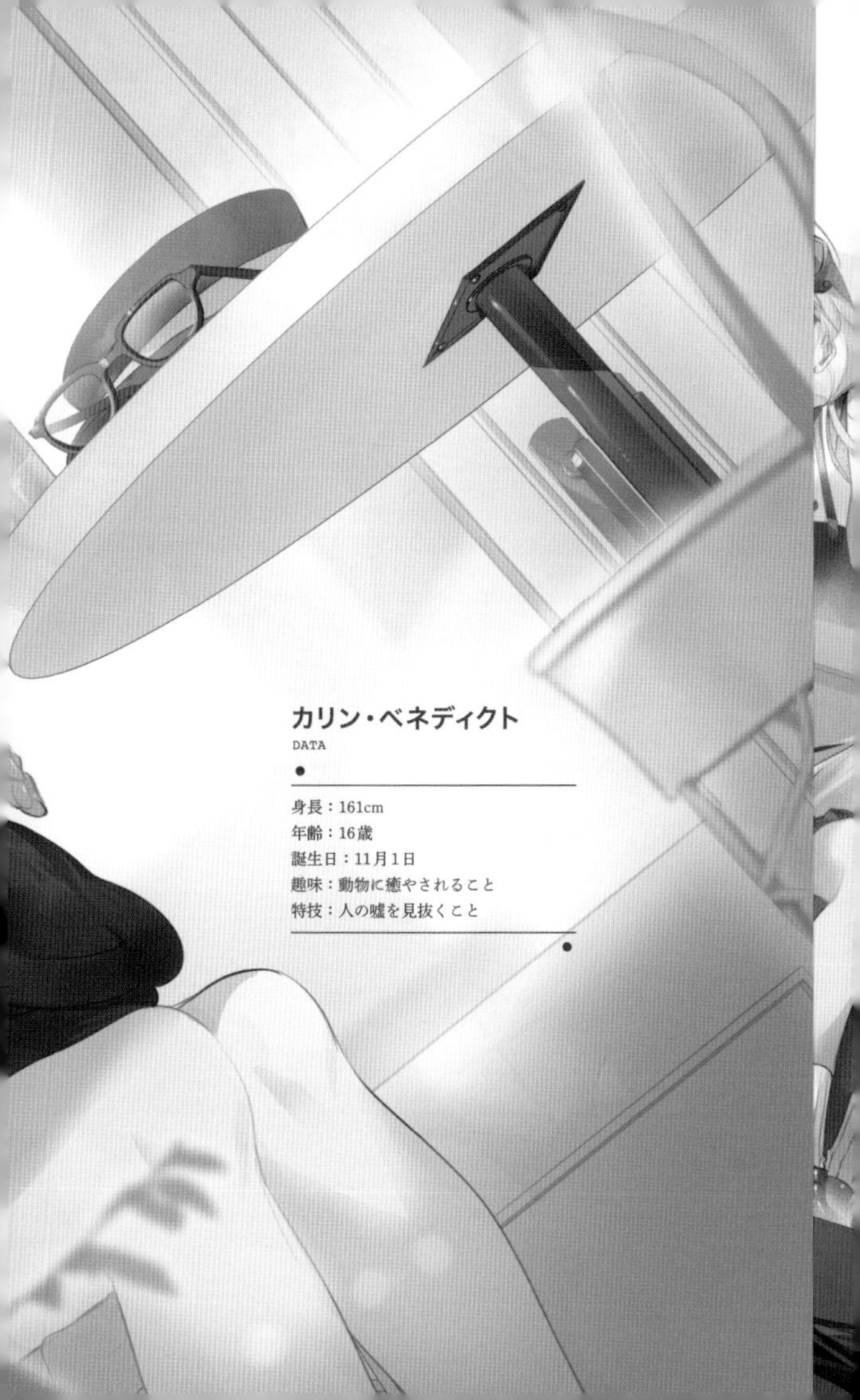

カリン・ベネディクト

DATA

身長：161cm
年齢：16歳
誕生日：11月1日
趣味：動物に癒やされること
特技：人の嘘を見抜くこと

「ふぉぉぉ……ね、ねこさま、
私の膝なぞに来てもらって恐縮ですぅ……」

スパイ≒アカデミー

真実を惑わす琥珀《アンバー》

武葉コウ

ファンタジア文庫

3328

口絵・本文イラスト　色塩

スパイ・アカデミー

SPY ACADEMY

CONTENTS

序章　The fatal day　11:11 p.m.

その男は、諜報員《スパイ》だった。

糊《のり》のきいた礼服《スーツ》。

汚れ一つ残さずに磨き上げた革靴。

清潔感を引き立てる微《かす》かな香り付け。

そして……懐《ふところ》に隠された一丁の拳銃。

それが、数刻前の男を着飾っていた要素だった。

他者から見れば、商社に勤める紳士にでも見えるよう、身を着飾った偽りの姿だ。

しかし現在の男は、礼服のあらゆる箇所に赤黒い染《し》みをつくり、隠す必要のなくなった拳銃を手に、ふらふらとした足取りで歩いていた。

さながら幽鬼の如《ごと》く、どこまでも続くような暗い通路を行く。

「……に、告げる……」

その男は、国家を守るスパイだった。

今もまた、敵国からの侵略行為を止めるべく、作戦に臨んでいる最中。

成功すれば、戦いに終止符が打てる。そう称される程の重要な作戦だった。

「……作戦は、失敗した——」

ここには、彼しかいない。

それ以外の者は、物言わぬ体となって、そこらに累々と転がっている。死してなお、男の行く手を阻《はば》むように、時折彼の足をつまずかせる。

男の手に握る拳銃からは、硝煙の香りが燻《くすぶ》っていた。

「繰り返す……」

うわごとのように呟《つぶや》き続けることに意味はある。彼にとっては、祈りだ。

誰か返事をしてくれ、という切実な祈り。

「各員に、告げる。作戦は、失敗した。想定ルートより、撤退せよ。繰り返す——」

『——隊長っ？』

コツ、と足音が止《や》む。

耳元に挿した通信機を通して、少女の声が耳朶《じだ》を打った。

『聞こえる、隊長⁉　こちら琥珀《アンバー》！　聞こえますか⁉』

鼓膜を破りそうな剣幕に、男はむしろ安堵《あんど》を覚えた。

無事だった。

その事実に、手放しかけていた意識の手綱を、強く握り直す。

「琥珀。そちらの状況は？」

『無事です！　隊長が、逃がしてくれたから……っ』

「他の者の状況はわかるか」

『それが……追っ手を分散させるために、今はバラバラに……』

「そのまま作戦区域外まで進め。通信も復旧するはずだ。安全を確保できたら、皆と連絡を取って、」

『嫌だよッ』

男が言い切るより先に、少女が悲鳴にも似た声を上げた。

『私が今からでも戻る！　現在地を教えてください。二人なら！』

「駄目だ。この一帯は既に敵の手に落ちている。介入できる余地はない」

事実を言い切ってから、男は己の失策を悟った。

通信機越しの少女が、耐えきれなくなったように嗚咽《おえつ》を漏らしている。

『隊長ぉ……』

「――聞いてくれ、琥珀」

今度は努めて声音を優しくする。取り乱す少女を諫《いさ》めるように。

「作戦は、失敗した。敵の待ち伏せ、投入されたその戦力、電波妨害《ジャミング》。全て、用意が過ぎる。私たちの作戦は、明確に、帝国《てき》に漏れていた」

『っ……内通者が？』

「ああ。極秘の作戦だ。知る者は限られている。手を出せる者も。だから……身を隠せ。最悪、私たちの国そのものが敵に回った可能性がある」

『でも、でもっ。隊長は、どうするの？』

琥珀は答えを求めた。先ほどから彼がはぐらかしていた答えを。私にとっての大事はそちらだと言わんばかりに。

「私は、まだ任務が残っている。ここを脱出し次第、追って連絡を入れる」

『っ……う、ぅぅ……っ』

男は困ってしまった。

スパイとしての手腕には自負がある。どのような堅物相手でも、必要とあらば情報を引き出すだけの手管がある。

だが、今この場において、泣き止まない少女にかける言葉を導き出せなかった。

「……泣き虫だな、君は」

『こんな時まで子ども扱いしないでよぉっ。私たちを逃がしたせいなのに……っ』

「すまない。だが、いつも教えているだろう？」

男と琥珀は、短くない時間を共にしてきた。

それは、導く者と、導かれる者としての関係。師弟と言ってもいい。

「我々スパイは、常に嘘《うそ》を身にまとう。泣くにせよ、怒るにせよ、それは偽りの感情であるべきだ。君はスパイだ。自らを騙《だま》すことから、変装は始まる。どうするべきか、わかるか？」

『………はい』

短くない沈黙。思い通りにならない呼吸と感情を整え、平らにしていく時間。

己を偽る方法。それは、他ならぬ男が琥珀に教えたものだ。

『取り乱しました。指示に従い、脱出後、潜伏活動に入ります』

「よし。……よく切り替えたな。賞賛に値する」

口癖のように突いた褒め言葉。

我ながら横柄《おうへい》な言葉だ。一度、言い方を変えようとしたことがあったが、どうしてか仲間の少女らには好評で、以来そのままにしていた。

『当然です。私は、識別名《コードネーム》〈真実を惑わす琥珀《アンバー》〉ですから。隊長の変装だって見破れるんですよ？』

「そうだったな。自慢の、相棒だ」

『でしょー？　なんたって、伝説のスパイ〈蜃気楼《しんきろう》〉の、一番弟子なんだから』

努めて明るい口調。言葉の端々が震えていることを除けば。

……ああ、そうだった。少女たちの中でも、特に琥珀は、この男に褒められることを殊更に喜んでいた。

任務が終わる度、ご褒美《ほうび》と称して、願い事を聞くのが慣例になる程に。

買い物に付き合う、一緒に映画を観《み》る、手料理を振る舞う。そんな些細《ささい》な時間を、まるで宝物のように慈《いつく》しむ少女だった。

今度のご褒美は、何にしようか——。

『隊長……？』

いけないいな。余計なことを考えている。そんな余裕はないというのに。

先を見通せない暗闇。永遠に続くと思われた通路の奥から、足音が重なり合い、反響してくる。

数は——いや、数えることにもはや意味はないか。

『帰って、くるんだよね？』

男の前に、行く手を阻む者たちが次々と現れる。

見回す限りの敵、敵、敵。見たところ、武装、物量共に、敵ながら申し分ない。

包囲されて、尚《なお》も男はそんなことを考えていた。

「無論だ」

『……もう、本当に』

日常の延長線上にあるような困った声色だった。

それは、嘘を身にまとうスパイの笑顔。

『隊長の嘘つき』

男には、少女が泣き笑う顔が思い浮かんだ。

「……そうだとも」

通信を切る。まったく、と男は自嘲した。

嘘を身にまとえなど、どの口が言えたものか。自分とて、今どのような表情を浮かべているのか。鏡を見れば一目瞭然だろう。

だが、この場に鏡はなく、だからこそ男は自らを偽れる。

「私は、諜報員《スパイ》だからな」

目前には、突きつけられる数多《あまた》の鉄の塊。

向けられる死の宣告。

そして――――。

■

轟音《ごうおん》。

思わず夜空を見上げてしまう程に、それは花火が咲いた音によく似ていた。

琥珀は、足を止めて、後ろを振り返る。

夜の空に色鮮やかな閃光《せんこう》はない。代わりに、黒煙が空に滲《にじ》んでいた。

轟々《ごうごう》と空気を震わせる、爆発の余韻。

耳に挿す通信機に手をやる。途絶した通信先からは何も聞こえない。

「……隊長……？」

先ほどまで彼女がいて、背を向けて逃げてきた場所が、遠くで燃えていた。

あそこには、自分たちを逃がすため、一人残り、今も戦い続けている琥珀の大切な人がいるのに。

その光景は否応《いやおう》なく、師に訪れた結末を少女に予期させた。

「……先に、行きます」

それでも少女は仮面を被《かぶ》る。

まるで人形にでもなったような手足の感覚。現実感のない足を動かして、再び、暗闇に包まれた退路を走り始めた。

嘘を身にまとい、己を騙せ。

それこそが、敬愛する師の教えであるが故に。

たとえ、貼り付けた仮面が、触れれば崩れるボロボロの嘘であっても。

嘘の下に隠した素顔が、悲鳴を必死に押し殺していようとも。

——頬を伝う涙に、意味なんて、ない。

その少女もまた、諜報員《スパイ》だった。

一章　学び舎《や》を統《す》べる少女たち　-The Elites-

「むふふ」

少女は、教本に載せられそうな程の上機嫌だった。

「むふふふぅ。うまくいきましたぁねぇ」

恍惚《こうこつ》とした表情を浮かべて、口元にはむふむふと堪《こら》えきれない喜色の笑み。

周りには、彼女を囲むように、浮《うわ》ついた雰囲気の少女らが何人もいた。

広々とした講堂にたむろする集団。しかし照明一つ点《つ》けない室内は暗く、講義が始まる様子は微塵《みじん》もない。

それもそのはず。

いまこの空間は、少女らの秘密の集会所として使用されていた。

彼女たちに共通しているのは、制服という格好である。

ただ、襟元や袖、胸元のネクタイやリボン、その他諸々《もろもろ》の差異が、各々《おのおの》の制服に改造《デコ》られているが、意匠は制服の範疇《はんちゅう》に収まっている。

制服は改造《デコ》る。されど、制服を逸脱しない。

だって女子学生って記号は可愛《かわい》いから。

少女らをまとめるこの少女、ミルフィ・シュガーの鉄則《モットー》であった。

「次の定期試験の内容、こっそり教えてーって。最初は全然相手にしなかったのに、ちょっーと目線を太ももに誘ったら、あの教官、鼻息荒くなっちゃって。どーして男の人ってこうも単純なんでしょうか」

「魔力だよ、魔力。ミルフィちゃん様の膝上丈スカートには魔力があるんだ。絶妙に見えそうで見えない狭間《はざま》が、男を駆り立てる魔力を生むのだよ……ッ！」

「まー変態の熱弁はさておいて、男には抗《あらが》いがたいんでしょ。女の私だって手を出しそうになるんだからおっと鼻血が」

「ミルフィちゃん様に寄るな変態ども。……ねえ我がリーダー？　もしかしなくても、その男に体触らせてないよね？　消毒、要《い》っとく？」

「どうどう、わたしの柔肌は無事ですよん。触られる前に片をつけましたから」

金的一閃《いっせん》です、と。

机の上に腰掛けながら、ミルフィが靴先を軽く揺らす。色めき立つ少女たち。

「ほひゅぅ、さすがミルフィちゃん様！」

「口笛吹けてないわよ下手くそ。ま、でもその教官も来週には退職だろうなー」

「こうしてまた一人、男が消え去ったのであった……」

「誰口調ですかそれ。あと、様づけやめー。可愛くないです。普通に、ミルフィちゃんでよろです。前から言《ゆ》ってるじゃないですか」

不満げに唇を尖《とが》らせるミルフィ。小さく頬を膨らませるのも忘れない。

ともすれば、意図して可愛く見せるあざとい仕草。過ぎれば毒となるが、彼女の容姿がその可憐《かれん》さを成立させていた。

頭の左右で結った桃色の団子髪。指でなぞれば、雲のように柔らかく形を変える頬。

机に座ってぷらぷらと足を揺らす様は、小柄な体軀《たいく》も相まって、絵本の中で描かれる妖精のような愛くるしさがあった。

ウチの子マジ天使。

ミルフィ擁する少女らの総意である。

「いやぁ、エ、リ、ー、ト相手に、ちゃん付けはハードル高いって」

「そーそー。我らがミルフィちゃん様のおかげで、尋問科は成り立ってるんだし」

「で、で、どうなの？　肝心のブツは？」

取り巻き少女の一人が、待ちきれないように身を乗り出した。

そもそものこの集まりの理由である。

「定期試験の内容、教官から聞き出せたんでしょ？」

「まーまー落ち着きたまえよ諸君。ここに、この通り」

ミルフィが得意げに、二本の指を立ててみせる。

指の間に挟まれていたのは、黒色の封筒である。おぉ、と感嘆する少女たち。

「一応は機密情報、どーせ暗号化されてるでしょうけどね。解読するのに一日、精査に半日ってところでしょうか。まーでも、これで尋問科《わたしたち》が、他の科より一歩先を行ったのは間違いないですよ。まだ解析できてませんけどねぇ」

「えー、中身知らないで言ってたのー？」

尋ねた少女が、ツボに入ったのか、腰に手を回しながら笑って、

「それを早く言ってよー。だったらさぁ――都合が良《い》い」

上着の中に潜ませていた黒光りする得物《ハンドガン》を抜いた。

空気を震わせること、数回。

炭酸の入った瓶の蓋を外すような音が続けて響いた。

それが、消音器《サプレッサー》によって限りなく減音された銃声だと、撃たれた全員が理解するも、為《な》

す術《すべ》もなく崩れ落ちる。

やがて……静かな講堂内に、少女らの寝息が聞こえ始めた。

一呼吸の間に、その場に立つのは二人だけとなった。

たった今、少女らを無力化したのが、味方だったはずの少女。

そして、その彼女に、筒状の先端を突きつけられているのがミルフィである。

目をパチクリと瞬《まばた》かせて、ミルフィは小首を傾《かし》げる。

「……いつから？」

「答える必要ないよ」

「わー塩たいおー。そこはお約束のやり取りですよー？　別に今更、時間稼ぎしても意味ないんですから。ね、ね？　いつから入れ替わってたんです？」

目前に構えられた銃口をものともしない食い下がり様。何なら自分から額をうりうりと押しつけてくる勢いだった。

下手人の少女は、先ほどまでと打って変わり、冷めた顔でため息を吐《つ》く。

「三日前から」

「うへぇ、ちゃんと仕込みましたねぇ。気づかないわけです。わたしたちの一員のフリをして、ずーっと機会を窺《うかが》ってたわけですかぁ？　潜入はスパイの基本ですけど……やぁーらしぃ。可愛くなーい！」

「どういう基準の批難……？」

「大事なことなのです。変装科のエリート、カリンちゃんなら、わかってくれると思うんですけどねぇ。ね、今からでも尋問科に鞍替《くらが》えしません？　歓迎しますよん」

カリンと呼ばれた少女はぴくりとも眉を動かさない。

「言いたいことはそれでおしまい？」

「悪役！　言葉選びがシンプルに悪役ですカリンちゃん！　そんなだから裏で氷の女王様とか呼ばれてるんですよっ。しかも皆に撃ったその弾、装備開発科の特級麻酔弾じゃないですか。こんな高級品まで揃《そろ》えて、用意周到さんめーっ」

「今すぐ眠りたいならそう言ってくれる？」

「話が通じない《でぃすこみゅにけーしょん》っ！　もぅ、じゃあお言葉に甘えて、最後にー」

ミルフィはことこの状況においても普段の姿勢を崩さなかった。

上目づかいで可愛く、自らを追い詰めた少女を見上げる。

「次は負けませんよぉ、カリンちゃん？」

「そう。ご自由に」

減音された発砲音が小さく鳴る。

あふん。気の抜けた声を残して、ミルフィが床に転がった。

「……はぁ」

無性に苛立《いらだ》ちを覚えるも束《つか》の間。カリンは掌《てのひら》で顔を隠すように覆った。

かしゅ、と空気が抜けるような音。

それは変装が解ける際の、仮面《マスク》を拭う合図。

尋問科のいち生徒としての顔が、文字通りに剝がれ落ちた。ついで、煩わしそうに頭に手をかけると、茶色だったはずの髪色がするりと抜け落ちる。

「ああもう、蒸れるな……」

現れた少女は、変装時の表情豊かな生徒とは、似ても似つかない。

絹糸のような滑らかなうなじに沿って、黒髪が束になって流れる。

蝶《ちょう》を模した髪飾りを留めれば、琥珀《こはく》色の煌《きら》めきが薄闇で小さく放たれる。

柳眉《りゅうび》を歪《ゆが》め、仕方なさそうに手櫛《てぐし》で髪を整える様は、ともすれば冷たい美人に見えかねない。

しかし少女は、表情や仕草こそ大人びているも、顔立ちそのものは幼い。

その結果、可愛さと美しさが同居する美人が出来上がっていた。

変装を解いたカリンは、耳に挿した通信機を起動させる。ほどなくして、相手方の声が骨を通して伝わってきた。

仲間の通信士である。

『カリンお姉様。今はまだ任務中では。予定外の事態でも発生しましたか？』

「ええ。尋問科より目標《パッケージ》を奪取したから。今から帰還する」

『奪取？ふむ。作戦では、尋問科の生徒に変装し入れ替わる形で潜入。彼女らが奪うであろう次期定期試験の情報を、随時、変装科《われわれ》に流すはずでしたが……』

「尋問科の連中がまだ情報を解読してなかったの。リスクはあったけど、情報を独占できる利を取った感じ」

『なるほど。それは確かにまたとない好機。多少強引な手に出るのも頷《うなず》けます』

ただ、と。

発せられた一言に嫌な予感を覚える。

『お気をつけください。そちらに武装した一団が近づいているようです』

思い当たる節が直感的にあった。

麻酔弾で撃たれて安眠中の某尋問科エリートである。

「――。嵌《は》められた？」

『というより安全装置《セーフティ》の類かと。万が一、自身に何かあれば、情報を奪った相手を逃がさ

ないように刺客を差し向ける。大方、そんな取引を他科の生徒としていたのでしょう。仮にも尋問科のエリート、人を操る手札は豊富なようですね』

「……結局時間稼ぎだったじゃない……！」

床ですやすや眠るミルフィを恨めしげに睨《にら》んでも後の祭り。

すぐさま身を翻《ひるがえ》したが、遅かった。

講堂の扉が乱暴に開け放たれる。

間髪容《い》れず、室内に投げ込まれる複数の筒状の缶《グレネード》。両端から勢いよく発煙したそれは、回転しながら床を滑ると、瞬《また》く間に講堂を真っ白に染め上げる。

「ちっ」

舌打ち一つ。カリンは煙を吸い込まないように手で口元を覆うと、すぐ傍《そば》の長机の下に身を隠した。

白煙の奥からは、忍ぶことなく大人数の足音が響いてくる。

様子を見ようと少し身を乗り出せば、蜂の羽音のような音を散らして、弾丸が耳を掠《かす》めた。

「正確に当ててくる……っ」

『発煙手榴弾《スモークグレネード》に、熱源探知仕様のゴーグルでしょうか。急襲用の装備です。まず間違いなく、戦闘科の生徒ですね。人を向かわせて援護します。お姉様、脱出を』

「いいえ。必要ない」

熱源探知？　なるほど、連中からは煙の中でも私の姿は丸見えというわけか。

でも、それなら私もできる。

カリンは物陰に隠れたまま、まるで遮蔽物を透かすように目を凝らした。

何も見えない。見えるはずもない。

――人型のように滲《にじ》み浮かぶ、赤色以外は。

「そこ」

銃口のみを遮蔽物より覗《のぞ》かせたほんの一瞬。

発射音が白煙を切り裂く。ついで、小さなうめき声。

まるで見えない糸で繋《つな》がっていたように、銃弾が敵に吸い込まれていった。

「二名排除。この分なら自力で切り抜けられる」

『……相変わらずの手腕、お見事です。一応お聞きしますが、どうやって？』

「いつも言ってるよ。ただの勘」

『お姉様のキレすぎる勘は、煙幕越しでも敵を狙い撃てるのですね……。変装科にしてやられるようでは、戦闘科もさぞ悔しがるでしょう。とはいえ、私たちをもっと信頼してくれてもよいのですよ』

「十分してる。脱出ルートを指示してもらっても？」

『それならばお任せを。ちょうどいい目眩《めくら》ましも始まったところです』

その言葉を合図にしたように、カリンの耳に薄《うっす》らと喧噪《けんそう》が届く。

次第に大きくなる。足音、爆発音、それに銃声。出所は建物外だ。

「外でも何かあったの？」

『そこは尋問科の管轄《かんかつ》区域ですから。戦闘科が敷地内に派手に踏み入ったことで、尋問科が敵襲だと勘違いして応戦。その講堂以外でも戦闘が発生しています。偵察機《ドローン》で上空より確認していますが……四カ所ですね』

「ふぅん。安全装置《セーフティ》とやらはミルフィの独断、か。仲間にも隠すくらいだから情報の漏れを嫌ったんだろうけど、自分で自分の首を絞めてるなら世話ないね」

『お姉様を排除できるなら、多少自陣が荒れても構わないという判断なのでしょう。今なら消音器を外して乱射したところで、誰も気に留めませんよ――あ、頭《ヘッドショット》を撃たれている。どうやら狙撃科も参戦したようです。お祭り騒ぎですね』

「……スパイが聞いて呆《あき》れる」

少女の眉間にしわが寄り、軽蔑の模様に歪んだ。

カリンは知っている。

嘘《うそ》を身にまとい、闇夜に溶けるスパイの在り方を、彼女は誰よりも理解している。目を閉じれば、自分を呼ぶその声は今でも簡単に思い出せるのだから。

――琥珀《アンバー》――

彼女の中には、いつだって、理想とするスパイの姿がある。

『何を今更。我々の学園では日常風景でしょう』

「……そうね。スパイと言ってもまだ見習いだもの」

『おや手厳しい。お姉様もその候補生《みならい》ですのに』

状況を把握しつつも、カリンの手は再装塡と射撃を休まず繰り返している。

煙の向こうでまた、襲撃者が倒れた。

「この分だと他の科も集まってくるかな。電子支援科なんて、もう既に網を張っている頃かも」

『でしたらこの通信も筒抜けですね。まあ連中は手を出さないでしょう。実働部隊には欠ける科です。警戒するべきは潜入科でしょうか。騒ぎに乗じた暗殺、なんて十八番《おはこ》でしょなった。

うし。引き続き、こちらでも気を付けて……——え、嘘ぉ⁉』

かつて聞いたことのない通信相手の素っ頓狂な声に驚き、カリンは拳銃を落としそうになった。

「な、何。どうしたの？」

『し……失礼しました。ですが、作戦区域に侵入者が一人！　いえ、侵入……者？　でいいのかしら……ともかく、侵入者が！』

「今更一人や二人増えても変わらないよ。それとも、エリートの誰か？　なら対策する必要があるけど」

『いえ。でも、まるで踊ってるみたいで！　あぁまた避けた！　侵入者のせいで現場が混乱しています！』

「簡潔に」

語彙力の低下してきた通信士に状況の説明を促す。

彼女こそ混乱しているのだろう。スパイが早々、踊ってたまるか。

『それが……その生徒、銃弾が飛び交うど真ん中を、堂々と歩いているんです！　散歩するみたいに気軽に！』

「……えぇ？」

■

エドガー・フランクは、スパイだった。

より正確に言えば、スパイの卵。スパイ候補生である。

「派手にやっているな」

目の前で繰り広げられる銃撃戦を眺めながら、少年、エドガーはのんびりと歩く。

気分は散歩だが、些《いささ》か以上に銃声が耳に響く。

どうやらそれは、少年の耳元に挿される、小型の通信機の先に居る女性にも同じだったようだ。

『これって銃声？』

「ん、うるさかったか」

『ううん、音量はこっちで調整するから大丈夫。でも、この反響音……空間が広い？　屋外だよね。しかも、射線も複数通ってない？』

「ああ、銃撃戦だよ」

エドガーは端的に、目の前の状況を説明する。

「二つの勢力が、学園の敷地内で撃ち合いをしてるんだ。ほとんど乱戦に近い状況だな。

片方は市街地戦闘に慣れている。もう少しで決着がつきそうだよ」

『なにその世紀末。……え、朝の登校中だよね？　そんな朝食みたいな気軽さで、銃撃戦が起きていいものなの？』

「ここではそうらしいよ、リズ」

リズと呼ばれた女性が通信先でおののく傍《かたわ》ら、エドガーは意気揚々と、銃弾飛び交う朝の通学路を進む。

「この学園――帝国スパイ養成機関〈クリプトス〉は、帝国内屈指の名門。スパイに必要とされる技術を七つの科に分け、専門性を高めて極めるスパイの学び舎《や》だ」

両の掌《てのひら》を上に向けて広げる。

左右の手の指を折り曲げること、七度。

「秘密工作学部――――――変装科。

――――――――――――尋問科。

軍事工作学部――――――潜入科。

――――――――――――戦闘科。

――――――――――――狙撃科。

機密情報学部――――――電子支援科。

——装備開発科。

七つの科に分かれた生徒らは、学友ではなく、仇敵《ライバル》なのさ。日々の訓練や試験。学内のあらゆる行事は、生徒らの価値を示すための競争の場に過ぎない」

『そこが徹底した実力主義だっていうのは知ってたけど……競争って、点数争いとかそういう類の？』

「ああ。生徒は在学中に獲得した点数で全てを評価される。人格、素行は関係なし。点数が高い者が正義となる世界。点が高いと、学内でも優遇されるみたいだ。学園の頂点に上り詰めれば、あらゆる願いが叶う、なんて眉唾な話まであるくらいさ」

『いや、それがどう今の状況に繋がるわけ……？』

「どうも、定期試験——大規模な実技試験が迫っているらしい。その試験の情報をいち早く摑《つか》もうとして、複数の科が衝突した結果が銃撃戦《これ》だよ。ようはカンニング競争さ。さすがはスパイの学び舎、試験一つとっても情報戦に発展するわけだ」

『だからって銃撃戦するぅ？』

リズはほとほと懐疑的である。エドガーとしては効率的だと思うのだが。

制服の上着にしまっていた学生手帳を取り出す。編入時に支給されたものだ。

「規則曰《いわ》く——銃火器、近接武器、その他諸々《もろもろ》装備の使用は、非殺傷用途に限り、訓練や講義に差し障《さわ》りのない範囲なら許可する、とある。カンニング競争も、試験に向けた準備の一環として推奨されるらしい」

『スパイなら情報くらい自力で集めろ、たとえどんな手段を用いても——って？　間違ってはないけど、野蛮な方針だこと。これだから帝国は』

リズの呆れた顔が通信機越しでも目に浮かぶようである。

『というかさ、薄々ね、嫌な予感はしてるんだけど』

「ん？」

『どうしてそんなに現状に詳しいのかな。そこに着いてまだ時間経《た》ってないのに』

「変なことを聞く。現地入りしたらまずは情報収集だ。幸い、電子支援科がここ一帯の候補生たちの通信を掌握している。少し拝借して、盗聴させてもらっているよ」

エドガーの右耳からはリズの声が響き。

左耳に挿したもう一つの通信機からは、今もスパイ候補生らの通信が筒抜けとなって届いている。

雑音混じりの内容から状況を察するに——。

「この銃撃戦は、尋問科と戦闘科の小競《こぜ》り合いだよ。狙撃科も顔を出してるけど、状況を見極めるだけに留《とど》めている。試験の情報を入手したのは……ん、変装科の生徒か。ここからの脱出を早々に図っているな。賞賛に値する手際《てぎわ》だ」

『…………』

しばしの沈黙があった。

銃声が静寂にうるさく響く。

『……エドガー君。銃声、大きくなってるけど。もしかしなくても、銃撃戦が起きてる中を、普通に突っ切って歩いてる？　もっと言うとさ――』

渋々、できれば聞きたくないなあ、と。

猛烈に頭を抱えているような雰囲気を醸《かも》し出しながら、リズが問う。

『銃弾を、視《み》て、避《よ》けたりしてない？』

「？　してるよ。スパイだからな」

こうして話している今も、常に体は小刻みに左右にブレている。

その度に、ちゅんちゅんと小鳥がさえずるような音を残し、銃弾が紙一重で体のすれすれを通り過ぎていく。

あるいは傍《はた》から眺めれば、軽やかに踊っているように見えなくもない。

晴天の下、鳥がさえずる通学路。理想的な登校風景だ。もっとも、鳥の鳴き声に聞こえるそれは銃声の残響だが。

「さっきから何を気にしているんだ？　心配しなくても、作戦はつつがなく進行中だよ。スパイ候補生としての擬態も問題ない。初日から遅刻なんて下手は打たないさ」

『…………はぁぁぁ……』

心の底から絞り出すようなため息。

エドガーが不審に思うのも束《つか》の間、リズがぽつりと零《こぼ》した。

『やると思った。やらかすと思ってた。やっぱりこうなったかぁ……』

「リズ？」

『予想してたのに、釘《くぎ》を刺してなかったあたしにも責任があるよね。……いい？　エドガー君。落ち着いて、よーく聞いてください』

まるで世界の真理をこれから説こうとするような穏やかな声色。

それを以《もっ》てして、リズはエドガーに真実を突きつける。

『あのね。普通のスパイは、銃弾を避けません』

「……？」

『ましてや、遅刻しちゃいけないからって、平然と銃撃戦の真《ま》っ只中《ただなか》を散歩気分で歩いたりもしません。普通に、撃たれて、倒れます』

「……――ッ!?」

『息づかいでわかるくらい驚かないの。悲しくなってくるから』

二つの勢力による銃撃戦は継続中だ。だがその内の少なくない人数が、エドガーを遠巻きにしながら、仲間内でひそひそと不審そうに囁《ささや》いていた。

「ねぇ、さっきからあそこにいる奴《やつ》、もしかして弾避けてない……？」

「ってか残像見えるんだけど……」

「はあ？　そんなわけな──ほんとだ何人もいるみたいに見える⁉」

「……ねえ、あれって男？　男だよね⁉　ミルフィちゃん様に報告しないと……！」

人並み外れた聴力が拾い上げた会話。

まさか、と。この時、エドガーは自らの失態を、遅まきにして知った。

あまりの衝撃に、思わず口調《うそ》が剥がれかける。

「では……盗聴は……」

『電子的な諜報《ちょうほう》は専門分野。編入初日でできたら不自然でしょ。ましてやスパイの養成機関の回線だよ？　そんなに容易《たやす》く奪うなんて、普通は、無理』

「……馬鹿な……」

愕然《がくぜん》と立ち尽くす姿を一言で表すならば、絶望。

先ほどまで一滴も垂れていなかった水滴が、冷や汗となって頬を滑り落ちる。

その間も、身体《からだ》だけは無意識に銃弾を避けるべく、小刻みに左右に動くものだから、周囲の生徒から、怖っ、と悲鳴が漏れた。

「だが私の知るスパイは皆、銃弾程度……！」

『それ、君が普段から相手にしてた連中の話でしょ？　諜報戦争の最前線《レッドライン》。世界の裏側、お互いの闇を広げて食い合うような国家間の闘争。そんな深淵《しんえん》を平然と渡り歩くようなスパイたちと一緒にしないの。学園《そこ》にいるのはスパイの卵なんだよ？』

「……すまない……」

『まあ、だからこそ君の調整役として、あたしがいるんだけどね。でも、気を付けるんだよ、エドガー君』

年下の弟にでも諭すような柔らかな物言い。

上官である彼女のこの口調に、エドガーは昔から弱かった。

『今の君は、エドガー・フランク。今日から帝国のスパイ養成機関に編入する、ただのスパイ候補生。だから、怪しまれないようにするの。絶対に、正体がバレちゃいけない。君が、死んだはずの伝説のスパイ――〈蜃気楼《しんきろう》〉だってことはね』

少年は、スパイだった。

■

時は二週間ほど遡る。

眠りから覚めるべく、目を開けようとした。

ただそれだけの行為が、異様に鈍いことに違和感を覚える。まるで何十年も油を差していない歯車を回したかのような動作の鈍り。

縫い止められたように重たい目蓋《まぶた》を、強引にこじ開ける。

光が目を灼《や》いた。慣れるまでしばしの時を要して、ようやく視界を取り戻す。

「……あ……」

そこで、一人の少女が息を呑《の》んでいた。

椅子に小さく腰掛けて、こちらを覗《のぞ》き込んでいる。少年と目が合った少女は、静かに瞠《どう》目《もく》し、声を堪《こら》えるように両手で口元を押さえた。

代わりに、その目尻にみるみる雫《しずく》が溜《た》まっていく。

少女という第三者を認識し、少年はようやく、己が病床に寝かされている状況を把握した。

なれば、次に少女へ告げる言葉は決まっている。

もっとも、喉を突いた声は、自分のものとは思えないほど擦《かす》れていたのだが。

「……状《じよお》、況《よお》……ぁ」

「もう、目覚めて一言目が、それ？」

溢《あふ》れる涙を拭うことすら忘れて、少女が仕方なさそうに微笑《ほほえ》む。

彼女の嗚咽《おえつ》が止まるまで、少年は静かにしていた。

「はぁ、顔ぐっちゃぐちゃだよ」

不服そうに絹の布で目元を拭うも、垣間見《かいまみ》えた少女の口元は安堵《あんど》に緩んでいた。

少女――リズは、諜報員である少年の上官だ。

落ちる夕陽《ゆうひ》のような濃い橙色《だいだいいろ》の髪。それを一束にまとめた尻尾が、身じろぎする度に揺れる。ちーん、と豪快に鼻をかむ仕草と合わせ、活発な少女という印象だ。

だが、その実、彼女は成人して久しい。

童顔である。

変装せずに作りだせる外見と中身の齟齬《ギャップ》。それはスパイの立派な武器になる。今でこそ前線を退いたが、これまでに数々の潜入任務を果たしてきたリズの見た目は、知己である

少年ですら、少女だと騙《だま》されそうになる程だ。

とはいえ、記憶にある上官の姿とは、少しばかり差異が見られる。その違いこそ、修正するべき自分の空白なのだろう。

「何年、経った？」

「……そこで年単位を聞いてくるの、君の観察眼を褒めるべきなのか、それともあたしの容姿から推測した遠慮《デリカシー》のなさを叱るべきなのか、困っちゃうよね」

「リズの見た目は信用できない」

「うわ叱らないといけないやつだ、これ。まあいいや、まだ若いって褒められてることにしておこう」

ぐしぐしと袖口で目元を擦《こす》るリズ。その目元は腫れぼったく、尚更《なおさら》に幼い雰囲気に拍車をかけているのだが、少年はさすがに黙っていた。

「二年だよ。あの作戦が失敗してから、おおよそで二年が経ってる」

「道理で。体が鈍《なま》るわけだ」

「強がり言って……ないのか。君は本気で言ってそうだね。あのね、目を覚ましたのが奇《き》跡《せき》みたいな状態だったんだから。峠なんて幾つ越したか覚えてないくらい。容体が落ち着いても、意識が戻るかどうかは半々だったし」

「……世話をかけた。感謝する」

少年は軋《きし》む体を動かし、深く頭を下げる。

二年という歳月を経て、少年の体は錆《さ》び付いたように鈍い。

だが、その程度で済んだのだ。時が経《た》てど、汚れ一つない己の体を見れば、リズがどれだけ身を捧《ささ》げてくれていたのか計り知れるというもの。

対するリズは、礼は不要と、軽く首を横に振るだけだった。

「作戦記録は見たよ。全滅は免《まぬが》れない状況だった。でも、君は生き延びて、作戦区域の外ギリギリまで逃げてきてくれたんだもの。だから見つけられたんだよ」

「……そうか」

「？　覚えてないの？」

「曖昧だな。無我夢中、というやつか。昏睡《こんすい》の影響もあるだろうが――」

そこまで言って、少年は最優先事項の見落としに気づく。

己の迂闊《うかつ》さを呪う。二年の空白は、体どころか頭も鈍らせていたようだ。

「あの子たちは、どうなった」

少年の脳裏には、七人の少女の顔が思い浮かぶ。

彼と共に、あの作戦に臨んだ、何より大切な小隊の少女たち。

「琥珀《アンバー》、瑠璃《ラピス》、金剛石《ダイヤ》、柘榴石《ガーネット》、翡翠《ジェイド》、紫水晶《アメジスト》、水宝玉《アクア》——一人残らず、その現状を教えてくれ」

「……正直に言うよ。わからない」

「リズ、」

「誤解しないで。現状は、って話。二年前、君はあの子たちを逃がすことに成功している。でもその後にあの子たちは諜報部に捕捉されて、ある作戦に投入されたの」

「作戦？」

「帝国スパイ養成機関〈クリプトス〉への潜入。スパイ候補生としての潜入任務だよ」

少年の片眉がつり上がる。聞き覚えのある名前が出てきたからだ。

軍事大国として知られる帝国。すなわち、少年の属する国の敵国である。

話に上った機関とは、敵国の最重要施設と知られる内の一つだ。

「無謀すぎる。帝国の中央情報局、その直轄だ。警戒度だって他とは比較にならない。確かに潜入が叶《かな》えば、得られる情報も多いだろう。彼女らの年齢を考えれば、自然に潜り込める見た目としての適性も頷《うなず》けるが……あの子たちは」

「『落第《おちこぼれ》』の評価を受けている。〈蜃気楼《きみ》〉っていう力のあるスパイが、小隊の仲間として傘下《さんか》にいれていなければ、すぐにでも諜報部の食い物にされて、居場所をなくすようなな子たち。君が庇護《ひご》していたも同然だった」

　リズの横顔に暗い影が差した。まとう気配が変わる。

　外套《がいとう》でも羽織るようにして、少女から、闇を知る諜報員へと。

「だからだよ。あの子たちは二年前の作戦失敗の責を取らされる形で、帝国に送り込まれた。失敗しても何も失うことのない、都合の良《い》い捨て駒としてね」

「……続けてくれ」

「帝国に潜入してからの動向は掴《つか》めていない。潜入任務である以上、諜報部とは何らかの形でやり取りしてるはずだけど、あたしの権限じゃ何もわからなかった。今も養成機関に潜伏しているのか……それとも既にバレて処分されているか」

「なら、まだ助ける余地があるな」

　言葉に従って少年の体が動く。

　四肢は鉛でも流し込まれたように重たいが、眠り呆《ほう》けたツケと思えば軽い方だ。

「どうやって？　今の君は、もうスパイじゃないよ」

　そんな彼を、リズの昏《くら》い瞳が射貫《いぬ》いて止めた。

「〈蜃気楼〉は死んだの」

「――説明を」

「少なくとも、死んだことになってる。あたしはあの日に君を回収したけど、君の生存は諜報部《ちょうほう》に報告してないから。いくら君でも、諜報員としての権限《たちば》がなかったら、帝国の最重要施設に潜り込むのは骨が折れるでしょ」

「……そうか」

浮かしかけた腰をベッドに沈める。今更になって周囲を見回した。

殺風景な内装だ。調度品の類は必要最低限に留《とど》めてある。この部屋に、少年は見覚えがあった。

「懐《なつ》かしい隠れ家《セーフルーム》だ。君と私しか知らない辺鄙《へんぴ》な場所につくったな」

「……ここにしか運び込めなかったから」

「私が生きていると明らかになれば、あの作戦を失敗に導いた裏切り者が、今度こそ私を消すかもしれない。だから私を死んだことにして、諜報部の目から匿《かくま》ったのだろう。……助かったよ。いい判断だ。賞賛に値する」

「ふうん。生意気な口利《き》いてー。あたしは君のお姉ちゃんみたいなものなんだよ？　ちゃんと敬いなさい」

「仲間《かぞく》であることは確かだが、姉か妹かを定めたつもりはないが？」

「むかっ。……はぁ、物わかりが良すぎるのも考え物だなぁ。もう少し取り乱した方が精神衛生上良いと思うよ？」

　リズから諜報員としての重い気配が霧散する。

　目の前に戻ってきたのは、少年が良く知る上官の姿だった。

「というか、君こそ裏切り者に気づいてるなら、まずあたしを疑いなさい。君の上官で極秘だった作戦内容も知ってる。容疑者の筆頭でしょ？」

「リズが内通者なら、あの日に私を取り逃がすようなヘマはしていない。生き延びる可能性などあるものか。確実に全滅しているよ」

「嫌な信頼だなあ……」

　リズが引き気味に頰を引きつらせるも、少年は軽く肩をすくめる。

「元より、仲間《かぞく》を信じるのに理屈はいらないだろう」

「……じゃあ、もしその仲間に裏切り者がいるとしたら？」

　今度は試すような口調でも、少年の真意を探るような目つきでもなかった。

　純粋に、心の底から彼を慮《おもんぱか》る表情。

「気づいているでしょ。裏切り者は作戦に参加した、スパイの誰か。敵の対応の迅速さから考えれば、あの場にいた小隊の誰かが裏切っていた可能性が高いんだよ？」

「理解している」

肯定の言葉は、しかし否定するように力強い。

「だが、可能性の範疇《はんちゅう》だ」

「……ん、そうだね。今はそれでいいよ。盲信的にならないのなら、任務への適性ありと判断します」

「任務？」

リズはおもむろに目を閉じると、胸元に手を当てた。

芝居がかったようにそらんじる。

「そこに確かにいたのに、痕跡は誰にも摑ませず、任務だけを果たす。敵は勿論《もちろん》、味方ですら、その素顔を知る者はごく僅か。スパイの究極にして完成形。噂《うわさ》に流れた名前は〈蜃《しん》気楼《きろう》〉――スパイなら誰もが知ってる諜報世界の伝説」

それは少年の話だ。〈蜃気楼〉という名は、今やただの通り名を超えて、固有の識別名《コードネーム》を持たない彼の実質的なそれとなっている。

だが、何故《なぜ》そんな話を。

「〈蜃気楼〉は死んだ。でも、君は生きてる。〈蜃気楼〉ではない、ただの君なら動くことができる。だって、世界中の誰も知らないもの。伝説のスパイ〈蜃気楼〉の正体が、あの子たちと同じように、帝国のスパイ養成機関に潜入できる年頃の男の子だなんて」

その語り口には希望があった。

「君は〈蜃気楼〉でいる間、常に変装していた。諜報部は勿論、小隊のあの子たちの前でも。だから君の素顔は誰にも知られていない。君のことを昔から知ってるあたしや、一部の人間以外はね。それが突破口になる」

「――用意は？」

「名前と経歴はもう偽装《つく》ってあるよ。でも、あたし個人じゃそれが限界。諜報部を頼れない以上は前みたいな後方支援《バックアップ》も望めない。君が生きていると知られたら、裏切り者が、君だけでなくあの子たちにも危害を及ぼす恐れがあるからね」

幾重にも縛られた条件。リズはその重さを隠すことなく伝える。

退路の存在しない任務。これは死地への片道切符だと。

「だから君は、正体を隠した上で、あの子たちを助けることになる。敵国への単独潜入だよ。あたしも通信で支援するけど、敵地で頼れるのは自分だけ。向こうの状況が不明瞭だから、助ける方法《プラン》だって現地で構築しないといけない。それでも――」

「構わない」

間髪容《い》れずに即答する。

何故なら、それは少年の存在証明。スパイである彼の唯一と言っていい信念。

「〈蜃気楼〉は、あの子たち小隊の仲間《かぞく》を守るために存在する」

「うん。なら今日から君は、エドガー・フランク。二週間後に帝国スパイ養成機関〈クリプトス〉への編入を控えた、変装科のスパイ候補生だよ」

告げられた偽名は、不思議なほどに少年の耳に馴染《なじ》む。

それもそのはず。〈蜃気楼〉は正体を掴ませないからこそのスパイ。少年に本名と呼べるものはなく、いつだって偽りの名と共に生きてきた。

「話し方も変えないとね。今みたいに、私がー、とか言ってたら固すぎるし。ちゃんと学生らしくしてね、エドガー君？」

「――ああ。エドガー、いい名前じゃないか。気に入ったよ！」

がらりと変わる口調と声色。

目つきから始まり、表情、ついで姿勢やちょっとした仕草。少年を構成していたはずの要素は、瞬《また》きの間に組み変わり、彼のまとう雰囲気を一変させた。

目を丸くして、きょとんとした顔をするリズに向けて、少年――エドガー・フランクは得意げに唇の片端をつり上げる。

「学生なんだ。こういう方が似合うだろ？」

数多《あまた》の潜入任務をこなした伝説のスパイ〈蜃気楼〉の変装。それを目《ま》の当たりにした上

官の評価は、まるで弟の悪戯《いたずら》を前にした姉のように、

「生意気だぞ」

笑いを堪《こら》えた一言だった。

■

それがおおよそ二週間前のやり取りである。

最低限の療養《リハビリ》と情報収集を経て、エドガーは帝国スパイ養成機関〈クリプトス〉への潜入任務に臨んでいた。

その初日こそ、彼が登校している朝の一幕だ。

『「似合うだろ？」なーんて自信満々で言ってたのは、どこの誰だったかな？』

「く……〝普通〟の定義は修正しつつある。次は間違えないさ」

『その言い様がもう不安しかないけど――ッ、ねえ、いますごい音しなかった⁉　具体的には、君の頭のすぐ横を銃弾が掠《かす》めたみたいな音！』

「――鋭いな。狙撃だよ」

エドガーの耳元すれすれを横切り、後方に着弾する弾丸。

「初手で頭を狙われるほど、恨みを買った覚えはないんだけどな」

『ほ、本当に物騒だね、そこ……。君なら狙撃くらい対処できると思うけど……』

「わかってる。銃弾は避けない、だよな。任せてくれ」

遥《はる》か遠くに潜む狙撃手の方角へ目を移す。

空で閃光《せんこう》が煌《きら》めいた。時間にして二秒にも満たない空白。

瞬きの直後、飛来した弾丸がエドガーの胸元を痛烈に撃ち抜いた。

よろめく体。スローモーションに流れる世界。

力の抜けたエドガーの膝が崩れて、うつ伏せで地面へ倒れ込む。

左耳に挿した通信機が、狙撃手のものと思《おぼ》しき声を拾った。

『命中《ヒット》！　男のくせに堂々と歩いてるからよ！　ふん。銃弾を避けるなんて真似《まね》、本当にできるわけないじゃない。まぐれ続きもしまいね。……っとリーダーに報告報告』

すぐに通信が途切れる。狙撃手はエドガーから興味を失ったらしい。

それもそうだ。多くのスパイ候補生が交錯するこの戦場、狙撃に成功した相手を気に掛ける暇などないだろう。正しい選択である。

本当に狙撃できていれば、の話だが。

「……頭を外せば次は胸元。教本通りで助かったよ」

身を起こしたエドガーは、しばらく周囲を警戒し、やがて再び歩き始める。

制服の襟元を少し緩めれば、そこには薄《うっす》らと赤くなった弾痕が残っていた。

疑惑を孕《はら》んだような沈黙。リズが恐る恐る問いかけた。

『……なに今の音。パァン、て。明らかに直撃した音だったけど？　絶対避けられてない感じだったけど⁉』

「ああ、狙撃されてみた」

『……ええ……』

「狙撃といっても非殺傷用弾《ゴム》。威力は減衰してる。着弾の瞬間《インパクト》に合わせて受け身をとれば狙撃手から見た角度次第でいくらでも誤魔化しは利く。狙撃に対して為《な》す術《すべ》なく倒れる……これならどこからどう見ても、普通の候補生だろ？」

『うわあ、無駄に高度なことしてる……』

リズが疲労たっぷりに嘆息した。エドガーは緊張に身を硬くする。

「まさか……これも、ダメか⁉」

『ああいや、いいんだけどさー……。君と一緒にいると、定期的に常識を見直したくなるっていうか。まあ、もう慣れたけど』

まるで記憶の彼方《かなた》を眺めるような、遠い目をしたリズが思い浮かぶ。

『ついてこられる人がいないからって、任務はいつも単独。例外はあの子たちと組む時だけ。任務も、特一級案件……国家存亡に繋《つな》がる危機ばかり。当然、現場で出くわす敵のスパイも凄腕《すごうで》ばかり。普通のスパイを知る機会なんて、そうそうなかったかー』

「……もしかして慰めてる？」

『ううん。君の前途多難さを嘆いてる』

同情の余地はないと言わんばかりに断言される。

上官の沙汰は厳しかった。

『でも、本当に気をつけなよ？　今の君はスパイ候補生、ただの見習いなんだから。これ以上目立ったら、いい加減に学園側に怪しまれるよ？』

「それは……手遅れかもしれないが」

エドガーが傍受するスパイ候補生らの回線。そこから漏れ聞こえる情報が、リズの不安を的中させようとしていた。

「どうもここに、エリートと呼ばれる連中が向かってるみたいだ。しかも七つの科が揃《そろ》い踏みで」

『さ、早速目ぇつけられてるじゃない！　エリートって、各科の最優秀成績者だよね。それぞれの分野の熟練者《エキスパート》。君に接触する理由なんてあるの？』

「さて、今の狙撃といい、どうにも応対が敵対的だ。歓迎はされていないな。気に入らないから首をはねる、くらいはされても驚かないよ」

『……さすがに大袈裟《おおげさ》じゃない？』

「大袈裟なもんか。学園の損害もいとわない銃撃戦が始まっても、監督するべき教官の一人も飛んでこないんだ。それだけ学生に自治権を与えてるってことさ。その頂点のエリートともなれば、さぞ大きな権力を持ってる支配者に違いないよ」

いつの間にか銃撃戦は止《や》んでいた。

お互いに牽制《けんせい》し合っていた生徒らは、今や共通の敵と言わんばかりに、エドガーを警戒する素振りを見せている。

『どうするの？　あの子たちの情報だって、まだ何も手に入ってないのに……』

「むしろ好都合だ」

エドガーの最優先目標は、小隊の仲間たちの現状を把握することにある。

彼女らが用いている偽名すら不明なのだ。かといって、学園《ここ》は敵国の重要施設。

強引なやり方で調べるには危険性《リスク》が高すぎる。

だが、それも学園における協力者でもいれば、話は別だ。

「元々エリートには接触するつもりだったんだ。学園の支配者だ。生徒の事情にも詳しいはず。お友達にでもなれば、あの子たちを探す近道になるだろ」

『……もしかして最初からそれを狙って、わざと目立って……？』

「ソノトオリサ」

『うわすっごい棒読み！　さてはこんなに早く接触するとは思わなかったんでしょ。君なら動揺くらい隠せるんだから、せめて隠す努力しなさい！』

「おっと支配者様のご到着だ。また後で」

『あーそうやって露骨にっ、』

リズの抵抗虚《むな》しく途切れる通信。

悪いことをしたと思うが、こちらも別に嘘《うそ》は言っていないのだ。

「——誰と話していたの？」

硬くて冷たい塊が、後頭部に押し当てられた。

近づいてくる気配は察していたが、様子見のために放置したのは悪手だったかもしれない。職業柄、その感触には嫌というほど覚えがあった。

悲しくてため息の一つも零《こぼ》れるというものだ。

「物騒だな。もしかして知らないだけで、学園《ここ》では銃口を突きつけるのが挨拶の代わりだったりするのか？　それとも、君たちエリート流ってやつかな」

「質問をしているのは私。いいから答えなさい」

「……やれやれ。喧嘩早《けんかばや》いな」

エドガーは振り向かないまま、降参するように両手を上げた。

自身の頭に突きつけられる銃口。それを握る相手の手を素早く摑《つか》む。抵抗される前に腕ごと抱き込むように捻《ひね》ると、相手の掌《てのひら》から銃が零れ落ちた。

「っ、この……！」

「落ち着けって」

触れ合った肌越しに伝わってくる相手の動揺。逃すものかと握る力を強める。

この手は、小隊の少女らに繋がる貴重な情報源なのだから。

相手の顔を確認するまでもなく、エドガーは摑んだ手から情報を読み取った。

――掌の震えや発汗。その他、身体症状有り。極度の緊張状態と推測できる。

――反応は対人恐怖のそれに似ているな。高圧的な振る舞いは仮面か？

――その上で、嫌悪《けんお》、苛立《いらだ》ち、忌避感。強い敵意を私に向けている。

――原因は不明。だが友好関係を築くならこれ以上ない障害だろう。

――不和を解消しようにも、時間、情報ともに足りない。

――少女らの手がかりを得るためには、一刻も早い尋問が必要だ。

——手段は、選べないか。

冷めた思考が、勘定を弾《はじ》く。

エドガー・フランクというスパイ候補生。その奥にて仮初めの人格を演じる〈蜃気楼《しんきろう》〉が判断を下した。

尋問。強引に情報を引き出す手段など、幾らでも存在する。

そうしてエドガーは、己に銃を突きつけた少女に振り返った。

結果として、彼の目的はあっさりと達成されることになる。

エドガーの世界が、止まった。

動揺を隠す努力をしろ。

リズの言葉は今この時にこそ、エドガーにとって必要なものだった。

「……、……」

スパイは感情を完璧な制御化に置き、決して本心を吐露しない。

故に、この瞬間、エドガーの唇が意図せず動いたことは、彼にとってスパイとしての仮面が剝がれ落ちた失策を意味した。

何事かを呟《つぶや》いてから、エドガーは我に返る。

瞬《また》きの間のことだ。傍《はた》から見れば、気づく者はいないであろう刹那の動揺。

「――……」

だが、その様子を目《ま》の当たりにしたエリートの少女――。

カリンもまた、まるで幽霊でも目の当たりにしたように、目を瞠《みは》っていた。

互いに相手から目を離せない。

呆然《ぼうぜん》と見つめ合うだけの沈黙は、しかし長くは続かなかった。

「――変装科のエリート様ったら手が早いこと」

何処《どこ》からともない嘲笑が、静寂を破った。

「早速、編入生とそんな熱い眼差《まなざ》しで見つめ合うなんて、親睦を深めてるってやつかしら？」

声の主が現れるも、彼女は一人ではなかった。

連れ歩く形で、数人。周囲の生徒らの喧噪《けんそう》が大きくなる。

エリート、と傍観する誰かが口走った。

「それとも……返り討ちにされてる最中だった？」

先頭に立つ少女が、灰色がかった銀髪を揺らしてせせら笑えば、

「……余計な邪推は控えてくれる？　ただ挨拶をしていただけだよ」

立ち尽くすエドガーの虚を突き、カリンが彼の腕を振り払って、エリートの少女らと合流する。

七人の少女。各科の頂点が集結する光景がそこにあった。

少女らはかしましく、口々に話し始める。

だが――エドガーの胸の内は、嵐にも等しい激情が渦巻いており、それどころではなかった。

少女らを前にして、各々《おのおの》の名を口にしないよう、気を付けなくてはならない程に。

「一言声をかけてくれたらよかったのに。ねえ、今からでも交ざっていいかしら。あぁ安心して。数にモノを言わせるなんて無粋なことはしないわ。どっちも平等に相手をしてあげるからさぁ？」

――柘榴石《ガーネット》。

ある少女は、己の得物《ナイフ》片手に、好戦的な笑みを浮かべる。

「こぉらこぉら、いけませんよ。編入生が入った際には、まず平和的に話し合うこと。処遇を下すのはそれからという決まりでしょう？　こうして戦闘行為を中断してまで集まっ

たのですから。カリンさんも、喧嘩せずに仲良くしてくださいね？」

その隣の少女は、場の空気を宥《なだ》めるよう穏やかに微笑《ほほえ》む。

――金剛石《ダイヤ》。

「そうですよ、抜け駆け厳禁！　久しぶりの編入生、わたしだって興味あるんですから！……あ、先ほどはどもです、カリンちゃん。いい麻酔弾でしたよ。おかげで快眠！　ぐっすり眠れましたよん」

桃色髪の少女は、カリンに向けて、小さな星を散らすように片目を瞑《つぶ》る。

――瑠璃《ラピス》。

「あ、それってうちの製品《こ》？　えへへ、いいでしょー。着弾すると弾丸が破裂して、空中に麻酔薬が散布！　鼻と口以外に皮膚からも吸収されるから、一瞬で夢の世界に旅立てる優れものだよ！　あー早く帰って改良したいなー。男の編入生とかどうでもいいからさ、もう帰っていい？」

エドガーに視線一つ向けない少女は、退屈そうにぶーたれる。

――紫水晶《アメジスト》。

『コレット様、お気持ちはわかりますが、今は裁定の場。お控えくださいませ。電子支援科《われわれ》といたしましても、回線が奪われたようですし、少しオハナシしたいところですわ。ミア様はいかがです？　狙撃科が仕損じた、という噂《うわさ》もありますが？』

少女らの一人が抱える液晶付きの通信端末。そこに映る少女が機械音声で問う。

——水宝玉《アクア》。

「……そう、なの…………？　初、耳……」

眠たげな少女は、手元で支える画面に向かって、小首を傾《かし》げる。

——翡翠《ジェイド》。

七人。正確には、六人と一機を前にして。

知らずの内に、エドガーの口角は震えていた。

「……ハ、」

二年という歳月は、決して短くない。

その大半を眠り呆《ほう》けていたとはいえ、二年も経《た》てば、どれほど鮮烈な想《おも》い出だろうと多少は色褪《いろあ》せる。

なのに、エリートの少女たちを見た瞬間に、記憶が囁《ささや》いた。

あの子たちだ、と。

己が何より大切にする、かけがえのない仲間たちだと告げたのだ。

カリンが、何も言えず立ち尽くすエドガーを、怪訝《けげん》そうに見つめている。

――隊長の嘘つき。

別離の泣き声が、潮騒《しおさい》のように耳に響く。

ああ。二年も遅れたが、ようやく戻ったよ、琥珀《アンバー》。

よく生き延びてくれていた。

皆、苦労はしていないか？

心身に大事ないか？

――少女たちにかけたい言葉は幾らでも湧いてくる。

叶《かな》うことなら、今すぐに全員を肩に抱きしめて、無事を労《ねぎら》いたいくらいに。

心配をかけた。率直にそう思えるほど、慕われていた覚えもあった。

まるで幽鬼のように、ふらふらとした一歩を、少女らのもとへ踏み出しそうになる。

亡霊が、生者の輝きに縋《すが》り、手を伸ばすように。

そんな愚行を――己の影を踏むようにして、エドガーは堪《こら》えた。

血迷うな。

私はスパイであり、この身はエドガー・フランク。

エドガーの正体を悟られるわけにはいかないのだ。

俺が今するべきは、感動の再会ではなく、衝撃の初対面を演じること。

少女らが慕い、別れを惜しみ、世界から消えた〈蜃気楼〉は――決して、自分《エドガー》ではないのだから。

「……嬉《うれ》しいな」

それに元より、感傷に耽《ふけ》る余裕もなさそうだ。

いったい何の因果かは知らないが、確かめる必要がある。

どうして小隊の少女たちが、それも『落第《おちこぼれ》』と評された彼女らが、揃《そろ》いも揃って学園の支配者であるエリートになっているんだ――？

「エリートが勢揃いで出迎えてくれるなんて光栄だ」

仮面を被《かぶ》るように、エドガーは顔に微笑みを貼り付けた。

少女らに尋ねたいことは山ほどある。だが、今は全て後回しだ。

エリートらに包囲されている現状、まずはこの誤解から解かなくては。

「剣呑《けんのん》な雰囲気だけど、何か用かな。生憎《あいにく》と、君たちに注目されるような心当たりはないんだけど……」

先ほどの一触即発の気配など忘れたような変わり身である。傍から見れば胡散臭《うさんくさ》く映るかもしれないが。

問題はない。

なにせ相手は皆、かつて小隊を共にした仲間の少女なのだ。

皆いい子だ。二年の月日で多少変わったように思えるが、なに、膝を突き合わせて話をすれば誤解の一つや二つ、解けるだろう。

エドガーはこの時、そう信じて疑っていなかった。

「……ここに来たのは勧告のため」

琥珀。現在はカリンと名乗る少女は、答えるのが億劫《おっくう》そうな仕草で、肩にかかった黒髪を手で払った。

──髪、伸ばしたのか。

混乱の冷めないエドガーの頭に浮かんだ感想である。

「新人の男のスパイ候補生が現れた際には、エリートが直々に赴いて勧告する。面倒だけど決まり事でね。あなたは変装科の編入生だから、同じ科の私が出向いたの」

「それにしては大所帯だけど」

「あなたが登校早々、派手に暴れてくれたせいだよ」

「迷惑をかけたみたいで申し訳ないな。勧告だったたか？　もちろん、俺にできることならなんでも言ってくれ」

「殊勝な心がけね。なら、早速協力してもらおうかな」

カリンがエドガーに向けて花が咲くように顔を綻ばせる。

その笑顔を見て、エドガーはやはりと確信する。こうして話し合えば、友好関係を築くことは造作もないのだと。

そう、彼はカリンが続けて発する言葉を聞くまで、気づかなかった。

──彼女の微笑みには、一切の親愛を排した敵意が浮かんでいることに。

「今すぐこの学園から出ていってくれる？」

「…………ん？」

カリンの言葉が引き金となり、事の顚末《てんまつ》を見守っていた周囲の生徒らが、一斉に銃口を呆けた顔をするエドガーに突きつけた。

他のエリートの少女たちも、ある者は面倒くさそうに、ある者は面白がって、ある者は仕方ないなと言わんばかりに、カリンに追随して銃を構える。

エドガーは気圧《けお》されて一歩後ずさる。

スパイ人生で最大の衝撃が、彼を襲おうとしていた。

──何故《なぜ》だ、琥珀。

――いつの間に、そんな冷たい目をするようになったんだ……!?

……もしもリズがその場にいれば、『溺愛する娘に嫌われたお父さんみたいだね……』と呆《あき》れ顔をしていたかもしれない。

「あなたみたいな男は、この学園にいらないの。これは私たちエリートによる最後通告。拒否した場合、あなたは実力で排除されることになる」

『――隊長！』

脳裏に蘇《よみがえ》る琥珀の温かな微笑み。

真冬に吹雪《ふぶ》く嵐よりも冷たいカリンの微笑み。

二つの顔が重なり合って、消える。残ったのは現実の光景だけだ。

「さ、協力してくれるんでしょ？　さっさと荷物をまとめて出て行って」

スパイは嘘《うそ》を身にまとう。だが、嘘であって欲しいと願ったのは初めてだった。

助けたい仲間《かぞく》である少女たち。

彼女たちから明確な敵意を向けられ、エドガーは乾いた笑みを漏らした。

二章　偽りの邂逅《かいこう》 - First Contact -

それは陽《ひ》だまりのように淡く温かな思い出。

思い出すときでさえ、形を崩さないよう、丁寧に取りだす彼の宝物。

『――もう一度、お願いしますっ』

その日、琥珀は師である男と共に訓練に臨んでいた。

公国諜報部《ちょうほうぶ》は国内に幾つか訓練施設を保有している。スパイに必要な能力の内、主に身体能力を鍛えるべく、専門器具がずらりと並ぶ屋内訓練場《ジム》もその一つ。

多くの諜報員が昼夜問わず利用する様は、事情を知らない者が見れば、活気づくスポーツジムの雰囲気と変わらない。

そんな室内の一角、格闘訓練のために用意された開けたエリア。

琥珀は、肩で息をしながら、伝説のスパイ〈蜃気楼《しんきろう》〉と対峙《たいじ》していた。

『やぁぁ――ッ』

呼気一閃《いっせん》。

鋭く振るわれるナイフ。訓練用の刃引きされた銀閃は、男の胸元に吸い込まれる前に彼に軽く手で打ち払われる。

攻防は一回で終わらない。むしろそれを開始の合図として、二手三手と重ねていく。攻防の関係性は変わらず、琥珀が一方的に攻め立てていた。

だが、その横顔に攻める側の余裕はない。

それもそのはず。男は無手。右手のみを動かし、彼女の攻勢をいなしていた。

均衡が崩れたのは、およそ一七手目。

す、と琥珀の膝が抜ける。消耗した体から流れ落ちた汗。それは小さな水たまりを足下につくり、彼女の靴底をいとも容易《たやす》く滑らせた。

『今日はここまでだ』

男が琥珀の腕を摑《つか》み、崩れかけた彼女の体を引き上げる。

息も絶え絶えに少女は頭を下げる。

『ご、めなさ……っ、あり、が……わた、し、足っ、すべ……』

『落ち着け。まずは休むといい』

男が壁際《かべぎわ》まで誘導すると、琥珀は壁に背を預けてそのままへたり込んだ。

一息入れて、水分補給。

限界を迎えていた脚の震えも収まる頃には、琥珀《アンバー》は膝を抱えて、丸めた背にずーんと重い影を背負っていた。

『……あぁぁ……やっちゃった……。足滑らせて終わりとか滑稽すぎる……っ』

『いや、以前より確実に手数は増えている。賞賛に値する成長具合だ』

『ほ、ほんとっ？　私、強くなってる？』

『最後の手は精彩を欠いていたがな。苦し紛れで繰り出せば、今のように自ら窮地を招きかねない。勝機を待つための粘り強さが必要だ』

『褒めてからハッキリ落とす隊長、容赦ない……』

だから信頼できますぅ、と、琥珀が泣きべそを隠すように膝に顔を埋《うず》めた。

琥珀は、諜報世界の住人としては新人だ。

とあるきっかけで〈蜃気楼〉に命を救われた少女。恩は憧れとなり、憧れに近づくため彼に教えを請《こ》うことになったスパイ見習いである。

『まだ人に刃を向けることには慣れないか？』

『……体が、竦《すく》んじゃって。誰かに敵意を向けるのも、向けられるのも……』

そして、スパイとしては心が優しすぎる少女でもあった。

未熟さは本人が一番理解しているのだろう。琥珀が悔しさに肩を震わせた。

『これじゃだめだってわかってるんです。せっかくリズさんから、〈真実を惑わす琥珀〉って、ちゃんとした識別名《コードネーム》をもらったのに……』

『……私は、大仰な名は重荷になると言ったんだがな』

琥珀の胸元には、上着の中に隠すようにして、同名の宝石細工《ネックレス》が吊《つ》られている。

仲間となった子には、立派な識別名と、その名を冠した宝石を贈りましょう。

それがリズ流の諜報部の歓迎だった。

男としては、識別名が長過ぎやしないか、とか、スパイが身元を特定するような装飾を身につけてどうする、とか、常々反対の声を述べているのだが。

『そんなことないです』

襟元から宝石を取りだし、眺める琥珀の眼差《まなざ》しは誇らしげだ。

『真実を惑わす、なんて如何《いか》にもスパイっぽくて、デキる女感満載じゃないですか。大人っぽくてカッコイイですよ』

『そうか。なら、その憧れを大事にするといい。きっと君の道標《みちしるべ》になる。現実とかけ離れているからこそな』

『はい。…………ん？　いま暗に私のこと幼いって言いました⁉』

気づくまでたっぷり数秒要してから、琥珀がふんすっと頬に空気を溜《た》めた。

男は穏やかに首を横に振る。

『違う。明確に、幼くて微笑《ほほえ》ましいと伝えたんだ』

『この流れで追い打ち⁉　ひどい！　これでも幼く見られるの気にしてるのに！』

『年相応だと思うが……ふむ。それなら髪を伸ばしてみたらどうだ。髪形一つで印象は変わるものだぞ。――あと、今のは見かけでなく中身の話だ』

『うわぁぁぁん助言かと思ったら正論だーっ。リズさんに言いつけてやるぅーっ』

『待てやめろ洒落《しゃれ》にならん』

常になく慌てふためく男の姿がそこにはあった。

リズは己の容姿を武器にするスパイだが、それはそれ、童顔であることを相応に気にしているのだ。琥珀が泣きついたら間違いなく彼女の味方をするだろう。

今もぐずぐずと鼻を鳴らす少女を、リズは妹分として大層可愛《かわい》がっているのだ。

『うう、隊長のばかー……。ちょっとくらい嘘吐《つ》いてくれてもいいのにー……。傷つきましたー……。ここは傷心の私にー……。次のご褒美《ほうび》で一緒に街へ出かけてくれてもいいんじゃないかなー……』

『嘘泣きするのか、ねだるのかどっちだ』

『えへへ、ごめんなさい』

あっさりと泣き真似《まね》をやめた琥珀だが、その泣き顔は傍《はた》から見れば、万に一つも嘘だと疑わない出来である。

男が密《ひそ》かに肝を冷やすくらいには迫真の演技だった。

『まったく。スパイは嘘を身にまとえと、確かにそう教えたが、変装《えんぎ》は日に日に上手《うま》くなっていくな。見込みのあるスパイだよ、君は』

『褒め言葉として素直に受け取りますっ。……あ、でもね。識別名、本当に重荷じゃないですよ？　私に居場所をくれた名前に、ふさわしい自分でありたいって思うから』

壊れ物を扱うかのように優しい手つきで、胸元の宝石を撫《な》でる少女。

本人がそう言う以上、男が口を挟む必要はもうないのだろうが。

宝石を慈《いつく》しむその指先が、ふと、ぴくりと止まった。

『……お、またやってる』

男と琥珀。二人から少し離れた場所で誰かが囁《ささや》く。

人で賑《にぎ》わう室内で、掻《か》き消されず殊更に大きく聞こえるのは、それが自らへの悪意に塗《まみ》れた言葉だからだ。

『新人ちゃんか。健気《けなげ》だねぇ』

『相手の男、誰だ？　見かけない顔だな』

『あの子の相手してるくらいだから暇人でしょ。……新人ちゃん、いつまで向いてない現場志望してるんだか。勿体《もったい》ない。容姿が泣いてるよ』

『宝の持ち腐れだよな。あの見た目なら、帝国の耄碌《もうろく》ジジイどもを引っかけることくらい余裕だろうに』

『……いっそ俺が本物ってやつを教えてやるか。ハニトラの訓練とか適当言えば丸め込めるだろ。拒否って騒いだって気にかける奴《やつ》もいないだろうし』

――琥珀は諜報部内で『落第《おちこぼれ》』の評価を下されている。

功績、権限、立場。それら全てが組織における最下層の位置づけだ。

時にこうして、自らより立場の低い者に対して、無遠慮に言葉や視線を投げる輩《やから》の標的にされることも少なくなかった。

『っ……っ、』

琥珀の顔色が蒼白《そうはく》を通り越して真っ青になっていく。

ともすれば先ほどよりも多く、滝のように流れる汗。一目見て異常だとわかる有様。男はすぐさま声をかけた。

『琥珀』

『……ごめん――隊長』

消え入るように呟《つぶや》き、琥珀が男の胸に飛びついた。ぎゅうっと強く胸元に顔を擦《こす》りつける。まるで、見たくないものから目を逸《そ》らすように。

男はそれを拒むことなく受け入れると、琥珀の肩越しに噂話《うわさばなし》の主に視線を投げる。目の合った男二人がぎょっとしたような顔で、そそくさと立ち去っていた。

『大丈夫だ。私を見ていなさい。なにが見える?』

『……優しい、色。隊長の、温かい……色……』

男が穏やかな手つきで背を撫でると、琥珀の呼吸が次第に落ち着いていく。

彼女がこうなるのは初めてではない。その度に男は少女に言い聞かせてきた。

『君はいつの日か凄腕《すごうで》のスパイになるだろう。その暁には、君を侮《あなど》った男たちを叩《たた》きのめしてこう言ってやればいい。貴方《あなた》はスパイに相応《ふさわ》しくない、とな』

『……そんな日、くるのかな……』

『私が保証しよう。その震えは、君が今も立ち向かっている証左だ』

『……うん』

しばらくして小さな頷《うなず》きが返ってきた。

持ち直したか。そう男が安心すると、胸中の琥珀が耳先を赤らめていた。

『……ごめんなさい。私、また。あの……そろそろ大丈夫、です。いま、汗、すごいから

『……』

『うん？　ああ、リズにも言われたよ。女の子は運動後の汗とか気にするんだよ、と。私はその辺の配慮が足りないとも。しかし――うん、琥珀からはいい香りしかしないな。問題ない』

『だ、大問題だーっ！』

少女が慌てて男の胸元から抜け出した。

そんな時でも、相手を突き飛ばさないようにと、力加減をしているあたりが琥珀らしいと、男はぼんやりと思う。

『嘘《うそ》は言ってないぞ』

『尚更《なおさら》恥ずかしいですっ。本心から良い匂《い》いって思ってるでしょ隊長!?　そりゃあ私だって、いい感じの香水とかつけてきてますよ？　気づいてもらえるかなって、訓練後にほど良く香るように調整してつけてきましたけどね!?』

『そうか。なら成功してるな』

『また曇りのない目で言ってぇ……と、とにかくぅ！』

琥珀がジトッとした湿り気のある眼差しで男を睨《にら》む。

心なしか涙目だった。

『いつも隊長に頼っちゃう私も悪いですけど、そういうこと、私以外の人に言っちゃだめだからね⁉』

『君以外にとは？』

『え？　えぇと、ほら！　小隊の人とか。隊長が私と同じように招集したっていう仲間の人たち。同じ小隊なのに、私、まだ一度も会ったことないけど』

『専門とする分野が別だからな。現場が一緒になることはそうないだろう』

もっとも、それだけが理由でもないのだが。

いつ誰が背中に刃を突き立てるかわからない業界だ。たとえ同じ諜報部《ちょうほう》で〈蜃気楼《しんきろう》〉という共通の仲間がいても、互いに顔を覚えない方が賢明だと、彼は小隊の仲間同士を引き合わせたことはなかった。

『だが気をつけよう。彼女らも君と年が近いからな。嫌われてはたまらない』

『……誰も嫌とは言ってませんけどー……』

先ほどの青白さはどこへ行ったのか、頬を上気させている琥珀。

――羞恥、嫉妬、勇気……それに、恋慕。

最後の一つは申し訳程度に隠されていたが、男が表情から読み取った少女の感情だ。

『むぅ……隊長。私、頑張りますから』

『ん？』

『いつか隊長が、私のことを頼れるくらいに。胸を張って、相棒だって言えるくらいに。

あぁいえ、今のままじゃ全然なんだけど……大口叩いちゃった……反省しろ私ぃ……』

『そこは言い切ってくれ』

〈蜃気楼〉の一番弟子として、他の少女らへ向ける対抗心──それが彼女の前向きな動機《モチベーション》になるならと、〈蜃気楼〉は額面通りに琥珀の気持ちを受け止めた。

その奥底に秘めた感情には、決して触れることなく。

『なら、私は次のご褒美を考えておこう。街へお出かけ、だったか？』

『っ。う、うん。楽しみにしてる！』

もっとも、その次が実現することはない。

彼と琥珀が次に臨んだ任務こそ、〈蜃気楼〉が死亡したとされる極秘作戦。二人が仲睦《むつ》まじく休日に街へ繰り出す……そんな日常は訪れなかった。

だから想い出はここでおしまい。

〈蜃気楼〉の過去は過ぎ去り、エドガー・フランクの現実が戻ってくる。

■

目が覚める。

白昼夢と呼ぶにはあまりに一瞬で、しかし気の迷いとは言い難《がた》い温かな回想から。

世界を切り替えるように、一度、エドガーは瞬《まばた》いた。

眼前に、現実の光景が広がる。

「あれが編入生……男って噂《うわさ》、本当だったんだ……」

「あの男、銃弾の嵐の中で音楽劇《ミュージカル》踊ってたって本当……？」

「私が聞いたのは、狙撃されたはずなのにしばらくして起き上がったって……」

「もうゾンビじゃん……ゾンビ音楽劇《ミュージカル》とかどんなジャンルよ……」

帝国スパイ養成機関〈クリプトス〉の校舎内の一室。座学のための講堂。

教壇を中心に扇状に広がる長机と椅子。そこにずらりと並ぶ生徒たちは、隠すことなくひそひそ話に勤《いそ》しんでいる。

注目を一身に集めながら、エドガーは教壇の前で友好的に笑った。

「今日から共に変装科の学びを深めることになった、エドガー・フランクです。気軽にエドガーと呼んでくれたら嬉《うれ》しいな。よろしく！」

思い出すのは、七人のエリートに囲まれた四面楚歌《しめんそか》な状況。

エドガーはあの場を、予鈴の鐘が鳴り響くことで切り抜けていた。

臨戦態勢が一転、集まった生徒が全員、白けたような顔でその場から立ち去っていったときは、手の込んだ悪戯《いたずら》に遭ったのかと疑いもしたが。

一人その場に残ったカリンは、銃を下げると、心底残念そうな顔で言ったのだ。

――時間切れ、か。今すぐ出ていく気がないなら、ついてきて。

時間切れという言葉に、予鈴の鐘。二つ揃《そろ》って導き出された結論は至極単純。

学び舎《や》の支配者といえど、彼女は学生。

学生である以上、学園の規則《ルール》に縛られているのだ。

朝っぱらから銃撃戦を繰り広げておいて今更とも思うが、その争いの発端とて定期試験の情報を巡ってのこと。試験という学園の体《てい》には従っている。

予鈴までに登校し、本鈴が鳴る前には、講義の席に着いておく――そんなありきたりな決まり事によって、エドガーは九死に一生を得たわけである。

そして当のエドガーは編入生。

編入先である変装科の学棟まで連れられ、挨拶せよと、こうして教壇の前に立たされたのだが。

『…………』

講堂から返ってきた反応は、耳が痛くなるほどの沈黙だった。

加えて、生徒全員から無言で睨まれる状況というのは、およそ転入生の自己紹介としては失敗と言えるだろう。

これだけなら、まだしも暗雲漂う学園生活の始まりを嘆くだけで済むのだが。

──さすがはスパイの学び舎。鮮烈な出迎えだな。

視界を埋め尽くす、漆黒の煌《きら》めき。数々の、もっと言えば人数分の光。

生徒ら全員が、無慈悲にも、拳銃の狙いをエドガーに対して定めていた。

学園生活の始まり、なんてとんでもない。早々に終わりそうな光景である。

仲間だろうと易々《やすやす》と気は許さない。そんなスパイ流の歓迎だと思えば、賞賛に値する心構えだが、やや過剰に思えるのも事実。

だが、心当たりならあった。

思えば登校してから今に至るまで、ヒントはそこらに転がっていたのだ。

「いや、緊張するな。こんなにも女子が多いだなんて。俺以外の男は欠席かな？」

『…………！』

かまかけはこれ以上なく成功した。

気の逸《はや》った数名による射撃が、エドガーの足下を掠《かす》め、鳥のさえずりを鳴らす。

——やはり男子生徒は、私だけか。

己の予想が遠からず当たっていたことをエドガーは確信する。

そも、この学園に来てからというもの、一度も男子生徒を見ていないのだ。

女スパイを養成する機関であれば話は早いが、帝国スパイ養成機関〈クリプトス〉は共学である。男子がエドガーだけとは考えにくい。

男はいらない。カリンは確かにそう言っていた。

ただの主義主張ならまだしも、学園の支配者が示す方針なのであればその重みも変わってくる。

そう。彼女は今までもそうして、男を排除してきたのではないか——？

「さて、雰囲気を悪くすることは本意じゃないんだけどな」

視線だけで身体《からだ》に穴が開きそうな敵意を身に集めつつ、エドガーはちらと隣へ視線を向けた。

彼の真横には、変装科の生徒を監督するべき女教師が立っている。

だが彼女は終始無言を貫いたままだ。新入生が在校生一同に銃口を突きつけられる状況であっても、動くつもりはないらしい。

まるで、自らにはこの場を統《す》べる資格がないと言わんばかりに。

「それくらいにして」

であれば、代わりに口を開いた彼女こそが、この場の支配者なのだろう。

少女らの中の一人。候補生の中における頂点。

そして〈蜃気楼〉のかつての仲間──琥珀《アンバー》改め、カリンが席を立ち、血気盛んな少女らを言葉だけで抑えた。

「仮にもスパイを名乗るのなら、感情のままに振る舞うことは恥ずべきことだよ。……ごめんなさいね。脅すような真似《まね》をしてしまって」

「謝ることないさ。気にしてない」

これ幸いとばかりに、エドガーは人好きのする笑みを浮かべて、首を横に振った。

──琥珀を含め、小隊の皆の無事は確認できた。

であれば、次は少女らの現状を把握すること。情報収集の時間である。

不幸な入れ違いもあったが、なに、話せばきっとわかる。

「エリートに目をかけてもらえて嬉しいくらいだよ。せっかくの縁だ。図々《ずうずう》しいかもしれないけど、これからも色々と助けてくれないかな?」

「嫌だけど。図々しい」

「…………」

エドガーの浮かべる笑顔にヒビが入った。

こふ、と気のせいか口の中に広がる鉄の味。

隊長、と想《おも》い出の中の琥珀が、綺麗《きれい》な川の向こうで、笑顔で手を振っている。

――エドガーもとい〈蜃気楼〉は伝説のスパイである。

噂に違《たが》わぬ技量と経験を有し、国家の平和を人知れず守り続けた超人。しかし彼には一つだけ、明確な弱点があった。

リズ曰《いわ》く。

君、あの子たち相手だと、精神的《メンタル》に滅法打たれ弱《ザコ》いよね、と。

追い打ちをかけるように、カリンが呆《あき》れたように嘆息する。

「何か勘違いをしているようだけど。私は、皆が思わず手を出そうとしたことを咎《とが》めただけ。あなたと仲良くなるつもりなんてない。それとも、もう忘れたの？」

「……な、何をだ」

未《いま》だに立ち直れないエドガーをよそに、学園の支配者たるカリンは、流し見るような目を、エドガーではなくその隣に立つ教官に向けた。

まるで合図でもするように。

「――本日は一つ連絡事項があります」

今まで無言を保っていた教官が、おもむろに口を開いた。

「エドガー・フランク。急遽《きゅうきょ》ですが、朝の訓練に組み込む形で、君の試験を実施します。これは慣例的なスパイとしての資質を見極める試験です」

「……編入初日で試験だって？」

「知っての通り、我が帝国スパイ養成機関《〈クリプトス〉》は結果こそ全て。力を証明できない者に居場所はありません。であれば、既定の成績に満たない結果を取った場合は、即刻退学になることも理解していただけますね？」

研鑽《けんさん》を怠った者にスパイたる資格なし。

実力主義を謳《うた》う学園らしい試験である。緊張感を以《もっ》て臨めるという意味では、正しく演習として機能するだろう。

――編入直後の生徒に課すという、理不尽極まりない仕様でなければ。

「言ったでしょ」

カリンが嘲るように微笑《ほほえ》む。

そんな顔をするようになったのか、と再三の衝撃を受けるエドガーは、しかし今更になって得心がいった。

全ては、エドガーを退学させるために仕組まれた茶番であると。

黒幕なんて探るまでもない。

編入初日の生徒に無理難題を吹っかけて、退学に追い込むなどという茶番を実現できる人間など——学園の支配者をおいて他にいるだろうか。

「最終通告。あなたは実力で排除される、って」

「……ハ、正直者め」

つられたように漏れる己の笑い声は、喉が干上がっているように渇いていた。

エドガー・フランク。編入初日にして迎えるは退学の危機。

しかしてその原因は。

——助けたい愛弟子《まなでし》が権力を用いて、私を追い出そうとしてくるのだが？

■

帝国スパイ養成機関〈クリプトス〉の敷地は、各科で分割されている。

割り当てられた敷地は、それぞれの科が支配する領土に等しい。各領土は相互不可侵が原則。

ひとたび踏み入れば、先のような銃撃戦が展開されるのが学園の常である。

それもこれも、全ては互いに成果を競い合う仇敵《きゅうてき》関係が原因だ。

他科に情報が漏れては堪《たま》らない、手の内は秘するべきだと、各科は日頃の生活や訓練すら自らの領土内で完結させている。

変装科で急遽実施された抜き打ち試験も、また例外ではない。

第二特別棟。変装科が所有する屋内の戦闘訓練場が試験会場となった。

異なる距離感で配置された大小の的の数々。

訓練に参加する大勢の女子生徒に監視される中、これより行われる試験に臨むべく、用意された自動拳銃《ハンドガン》を点検するエドガー。

そして、訓練場全体を見下ろせるように造られた二階の監視室。

ガラスの仕切りで隔てられたそこから、険しい表情を浮かべ、彼の様子を注意深く観察する人物がいた。

カリン・ベネディクト。変装科のエリートである。

「……エドガー・フランク、ね」

「意味深に呟《つぶや》くほど珍しい名前でしょうか？」

独り言にあるはずのない返答。この場には自分《カリン》しかいないはずなのに。

気づけば、隣に一人の少女が立っていた。

「ごきげんよう、カリンさん」

キラキラ、と。

星の欠片《かけら》を砕いて、宙に放り投げてちりばめた。

そんな錯覚すら覚える、光を湛《たた》えた宝石《プリズム》の如《ごと》き白髪《はくはつ》が小さくそよぐ。

気ままな猫を彷彿《ほうふつ》とさせる仕草で、カリンを見上げた少女は、にへら、と力の抜けた微笑みを浮かべた。

その華奢《きゃしゃ》な体軀《たいく》を包むのは、帝国の貴族を思わせる礼服《ドレス》に改造した制服だ。

有り体に言えばお嬢様風。スパイ養成機関において、その仕様の制服を身につけられるのは、とある科に限られる。

カリンに気取らせずに現れた手腕こそ、彼女の存在証明である。

潜入科のエリート。アルマ・クレール。

かつて同じ小隊に属しながら、互いを知らなかったカリンは知る由《よし》もないが。

〈蜃気楼《しんきろう》〉からは金剛石《ダイヤ》と呼ばれていた少女である。

「っ、どこから入ったの」

「これでも潜入科ですよ。野暮なご質問は遠慮なさってくださいな」

正しくは、軍事工作学部、潜入科。

専門は主に敵地への潜入ならびに破壊工作である。

戦闘科が荒事に長《た》けた『動』のスパイなら、潜入科は事を荒立てずに水面下で活動する『静』のスパイと言えた。

その活動の中には、時に標的の暗殺も含まれる。

そんな人物が休憩時間に雑談でもするような雰囲気で、肩が触れ合うくらいの親密な距離感で話しかけてくるのだ。

カリンが身を強《こわ》ばらせて警戒するのも無理はない。

「ふふふ、ごめんなさい。おどかすつもりはなかったんです。そんなに身構えないで。ほら、丸腰ですよ」

気品を振りまくように、その場でくるりと優雅に回ってみせるアルマ。服の袖に巻いたフリルが柔らかく揺れる。

敵意を削《そ》ぐような振る舞いだが、楽観視できる訳はない。

潜入科の制服がお嬢様仕立《じた》てなのは、通常より膨らみやすい服の造りにして、暗器を忍ばせるためだともっぱらの噂《うわさ》なのだ。

だが同時にカリンは、このアルマがエリートの中でも、極めて穏健派であることも知っていた。

競争が常の学園において、科同士の争いを諫《いさ》めることも厭《いと》わない人物だと。

「……用件は？」

「もちろん、編入生の処遇を確かめに、です。突発的な試験で新人の男スパイの力量を見極め、学園に不要と判断したら退学に追い込む。他ならぬわたしたちエリートの手で。そういう取り決めでしょう？」

ガラスの仕切りに手を触れて、アルマが階下の訓練場を覗《のぞ》き込む。

おや、と長い睫毛《まつげ》に彩《いろど》られた瞳が不思議そうに瞬《まばた》いた。

「射撃試験？　変装科ですのに？」

「銃の扱いくらい心得てないと困るもの」

「ですが変装科でしょう？　専門は人的《ヒューミント》な諜報活動のはず。敵地に潜入、身分を偽っての情報収集活動――非戦闘が基本のスパイです。見極めるのなら、瞬間《フラッシュ》暗記や変装術、その辺の試験が妥当ではないでしょうか？」

「……そうかもね」

相手が本当に変装科の生徒なら、ね。

内心で呟くに留《とど》めたカリンの本心は、当然ながらアルマに伝わる訳もなく、彼女は困ったように頬に手を当てた。

「しかも試験の設定を〝難度八〟に？　ひどいことをしますね。戦闘科のような武闘派スパイでも、合格が怪しいレベルでしょう。変装科の新人に課すなんて無理難題もいいところ。さてはあのエドガーという生徒、絶対に落とすつもりですね？」

「随分と彼の肩を持つのね。なにか不都合でも」

「いいえ、まったく？」

困り顔はすぐに笑みに変わる。

「元は貴女が主導し、エリート一同が賛同した男スパイ狩り。他の方々の心中は存じませんが、少なくともわたしには……想《おも》う理想のスパイの姿がありますもの」

アルマは胸元に手を当てて、過去を想起するように、目を細める。

――その胸に思い描くスパイが、自らの理想と同じであると、カリンは知らない。

「男のスパイは不要です。どうぞ、スパイ狩りを続けてくださいまし」

「人聞きの悪い。私は、スパイを名乗る資格もない愚図な男を間引いているだけ」

「手厳しいですね。本当にそれだけでしょうか？」

アルマが探るようにカリンを横目で盗み見る。

透き通るような瞳に反射して映る自分。まるで心の奥底まで見透かされていそうで、カリンは思わず目を逸《そ》らした。

だから苦手なのだ。この少女は。

「今までは厳しくとも公平を期して、男スパイを選別していたカリンさんにしては、今回は少々強引なやり方です。焦《あせ》っているようにも見えます。どうしてでしょう？　それほど心を乱される相手がどのような男性なのか、とても気になりますね」

「……見ていくなら勝手にどうぞ」

アルマの問いには応じず、カリンは冷たく言い捨てた。

ほどなくして、試験開始のブザーがけたたましく鳴る。

地に響くような駆動音を立てて、射撃用の的が左右に素早く動き始めた。

肉眼で追い続ければ、途端に目が疲れそうな反復運動だ。

銃口を向けるエドガーにとっても同じはず。ふらふらと迷うように照準は揺れ……ピタリと止まる。

雷鳴。消音器を用いない原始的な銃声が、連続して訓練場に響いた。

ああ、やけになって撃ち尽くしたな。見守る誰もがそう思っていた。

――得点を示す電光掲示板に、百点満点《フルスコア》が表示されるまでは。

「あら」

「……やっぱり」

アルマは目を丸くする。さながら猫が獲物を見つけたように瞳孔を開いて。

カリンは目を鋭くする。自らの疑念が確信に近づいたと悟って。

エリート二人が見下ろす射撃訓練場が、エドガーの叩《たた》き出した得点を前にして、うるさいくらいの喧噪《けんそう》に包まれる。

百点満点。

用意された拳銃の弾倉。その装填された一五発分、全弾命中を意味していた。

■

──おかしい。

エドガーは緊迫の汗を一筋、横顔に垂らしながら、周囲を見回す。

発砲音を遮断するイヤープロテクター越しでも、周りの騒がしさは感じ取れた。

「……え、満点？　計器の故障？」

「難度八で全弾命中って……戦闘科のエリートよりすごいんじゃ……」

「いやいや、あんな迷わず撃ちまくって当たるわけ……ね、ねえ？」

「的が動くの速すぎて、目で追えないしわかんないよ……」

女子生徒らの表情は、得体の知れない者でも見たような驚愕《きょうがく》一色だ。エドガーは咄嗟《とっさ》に右耳の通信機を起動させた。

「……リズ、聞こえるか？　応答願う」

口調が〈蜃気楼〉に戻るあたり、事態の切迫具合も窺《うかが》えるというもの。

周囲に悟られないよう、唇を動かさずに問いかける。

「現在、射撃試験を受けている。落ちれば退学となる抜き打ちだ。試験にしてはのろい的当てだったから中央に全弾当てた。勿論《もちろん》、外すようなヘマはしていない。だというのに、周りの反応が妙だ。助言を求む」

『た、退学？　なんでそんな事態になって……ええっと、まず教えて』

向こうも危機を察したのだろう、疑問を差し置いて答えてくれた。

頭痛を堪《こら》えるように額に手をやるリズが脳裏に思い浮かぶ。

『その訓練……難度は？』

「難度？　ああ、試験の前に教官が言っていたな……八、だったと記憶してる」

エドガーの物言いは曖昧だ。

スパイとして規格外の存在であるが故に、スパイとしての常識には疎《うと》い。難度八とやらがどの程度の易しさなのか、彼には皆目見当もつかなかった。

「もしや早撃ちも考慮されてる試験だったのか……？　退学に追い込むための試験にしては簡単すぎると、裏を疑って慎重に撃ったのが間違いだったか……っ」

『……八？　八って言った？　八はねぇ……』

耐えるように声を震わせるのも一瞬。恐らくは度重なる我慢の限界。

うがーっ、とリズが吠《ほ》えた。

『難度八は専門《プロフェッショナル》家向けの激ムズ仕様だよーっ』

「⁉　あれだけ遅くてか⁉」

『この動体視力オバケ！　難度八の合格基準は一流《プロ》の証《あかし》なの！　全弾命中なんて超一流の域！　もう、もう、もう君って子は！　この世間知らずぅーっ』

「す、すまない……！」

しかし問答する猶予は残されていない。

標的の的が再度稼働《かどう》を始めた。試験の二巡目だ。次の回が始まってしまえば撃たない訳にはいかない。

リズの話を聞く限り、先ほどのように撃てば怪しまれる。正体が露見しかねない。

かといって、手を抜いた先に待つ結末は退学だ。進退窮《きわ》まるとはこのこと。

唯一の抜け道があるとすれば、それは。

「リズ。難度八とやら、合格ギリギリの最低基準は何点だ？」

『……七〇点だけど。……待って、もしかして……』

「全弾命中で超一流、合格で一流、だったか。なら、かろうじて合格すれば――候補生としては程ほどに優秀、くらいには映るな？」

『い、意図してスコアを調整するつもり？　ちょっとでもズレたら一気に点も変わっちゃうんだよ？　細かく狙い撃つなんて下手すれば全弾命中させるより――』

「問題ない。得点の配分だけ教えてくれ。今度はしっかり外す」

――そうして、エドガーは再び試験に臨む。

狙ったけど、的が速すぎて目が追いつかない。

そう周囲に見えるよう、絶妙に遅い間隔で断続的に発砲音を鳴らす。

果たして、表示された結果は――。

「外れは三発。六発を的の中央横、残り六発は枠ギリギリ。装填数一五の内、合計で一二発命中――七〇点《へいきんち》だ」

上手《うま》く事を運ばせた満足感から、つい、エドガーは得意げな笑みを形作る。

「これで、射撃の腕だけは良《い》い普通の候補生だな？」

『そうだけど！　そうなんだけど！　自信満々なのが微妙に納得いかない！　全世界の射

撃ベタに謝れぇいっ』

……そういえば、リズは射撃が苦手だったか。

リズからの猛烈な抗議を聞き流しつつ、エドガーは周囲の生徒らの反応を窺う。

「あ、今度は普通……でもない？　十分高得点じゃない!?」

「ギリ合格点じゃん。最初のは偶然だったってこと？　でも、射撃ウマ……」

「入る科間違えたんじゃない？　戦闘科の編入生だったりして」

偽装の甲斐《かい》はあったようだ。ほどなくして、生徒らの人波が割れる。

彼女らの主であるカリンが、長い黒髪を揺らしながら現れた。

「ふう、試験は終了か？」

「ええ。お疲れさま。あなたの腕前はこの目で見させてもらった」

「俺はお眼鏡に適《かな》ったかな。さすがはスパイの名門校だ。どうにか当てたけど、変装科の試験とは思えないくらい難しかったよ」

わざとらしくエドガーは肩をすくめる。カリンが僅かに眉をひそめた。

リズや周囲の反応から察するに、己はよほどの無理難題を課せられたのだろう。大方、確実に退学に追い込みたかったものだと踏んでいるが。

さてどう出る。難癖をつけてくるか、あるいは。

「……十分。いい腕をしてるね」

「へぇ。ってことは？」

「合格。あなたを変装科の一員として認めるよ」

カリンがそう言うと、周囲が途端に騒がしくなるも、

「――聞こえなかった？　合格って言ったの」

ぴしゃりと言い切れば、波が引くように生徒たちが静まりかえるのだから、大した求心力だとエドガーは感心する。

「不審に思う気持ちも理解できる。半年以上、まともに在籍を許していなかった男のスパイだもの。でも、定期試験が迫っている。落とすわけにはいかない戦いだよ。戦力になりそうな人間は一人でも多く欲しいの」

カリンの語りを聞き、エドガーは直感的に理解する。全部ではない。だが一部は。

嘘《うそ》だな、と。

「そういうわけだから。あなたも編入して早々、試験続きで大変だと思うけど、変装科に入った以上は協力してもらう。これからよろしくね」

「ああ、こちらこそ」

カリンが浮かべる親しげな微笑。応えるように笑みを返しながら、エドガーは内心では

昔を思い出し、苦笑を浮かべていた。

相変わらず、一番強い気持ちは隠すのが下手だな、君は。

笑顔に蓋をされた奥底。そこに潜む、今にでも沸騰しそうな、それでいて冷たく研ぎ澄まされたシロモノは。

――確かな殺意である。

■

朝六時に点呼と起床。

七時までに朝食。七時半前に予鈴、七時半に本鈴、後に訓練開始。

昼休憩は一二時より一三時。

午後の訓練は一八時まで。夕食は二〇時まで食堂が開かれており、その前に入浴を済ませる生徒も多くいる。

消灯前の点呼は二一時。完全消灯は二二時。こうなると自室の灯《あか》りを点《つ》けることも許されない。

多くの生徒は窓や扉の隙間から光が漏れないよう、小型の洋灯を灯《とも》すなどして夜を過ごすそうだが――生憎《あいにく》と、エドガー・フランクの自室に、そんな小洒落《こじゃれ》た調度品は備え付けられていなかった。

変装科の生徒寮。最上階の端。夏は暑く、冬は寒い。

そんな角部屋がエドガーに宛がわれた一室だった。

本来生徒寮の部屋は二人一組だが、女子生徒しか在籍しない現在の学園で、エドガーという男子を女子と相部屋にするわけにもいかない。

結果、彼には広めの一室、それもなるべく女子たちから距離を取らせようと、寮の隅に部屋が用意されたのである。

現在の時刻は午前零時に差し掛かったところ。

編入初日、慣れない環境で一日を過ごしたエドガーの体には疲労が溜《た》まり、消灯後は微睡《まどろ》む暇もなくベッドで熟睡する。

灯りのない真っ暗な部屋。頭から掛け布団《ぶとん》をすっぽりと被《かぶ》り、布に覆われた塊が規則正しく上下することからも、それは間違いない。

故に、躊躇《ちゅうちょ》はなかった。

——暗闇に滲《にじ》むように浮かび上がる人影。

ソレは、掛け布団に包まれた寝床の主に覆《おお》い被さるようにして、ベッドに両膝を突き、両手で握る鈍色《にびいろ》の銃の先端を布団に押し当てる。

引き金が絞られること、四回。

強烈な拳を至近距離で叩《たた》き込むような、鈍い音が部屋に反響した。

あまりの衝撃に布団の中に眠る塊が、蠢《うごめ》き、跳ね上がり——。


「なんだ。非殺傷用弾《ゴム》なのか」


「ッ⁉」

背後よりから聞こえた声に、カリンは両肩を大きく震わせた。

慌てて振り返ろうとした直後、足下の掛け布団の中身が弾《はじ》ける。

思わず腕で顔を覆えば、その隙を突くように、弾け飛んだ中身が自分へ向かって飛んで絡《から》みついてきた。

縄だ。それも、蛇のようにうねる複数本の縄。

振りほどこうとするも、縄は意志を持ったかのように、四肢を締め付ける。あっという間に身動きを封じられたカリンは為《な》す術《すべ》もなくベッドの上に転がされた。

パチン、と。

電灯のスイッチが点けられ、部屋が明るくなる。

「無理に動かない方がいい。特別製だ。そう簡単にはほどけないよ」

「ッ……あなたッ」

カリンが睨《にら》みつける先には、部屋の主たるエドガーが立っていた。

■

まさか初日にやってくるとは。

カリンから向けられたおよそ友好的とは言えない感情。それにある程度備えて夜を迎えたエドガーだったが、こうも早く予想が的中するとは思っていなかった。

些《いささ》か以上に驚きつつも、エドガーは気まずく頭を掻《か》いた。

「ひとまず落ち着いてくれ」

「この状況で何を呑気《のんき》な……ッ」

「ああだから動くなって。動くと……色々と、目のやり場に困るからな？」

気まずさの原因から目を逸《そ》らしつつ指摘する。すると、は、とカリンが呆《ほう》けたように口を開き、何気なしに己の四肢を見下ろした。

縄が制服の胸元を締め上げている。しわを寄せ、ボタンで留めた隙間から、刺繍《ししゅう》の入った漆黒の布地が見え隠れしていた。

下半身はより酷《ひど》い。

スカートは容赦なく縄に巻き込まれ、白い肌との対比が目に眩《まぶ》しく映る程度には、ショーツを露《あら》わにしていた。太腿《ふともも》には縄が痛々しく食い込み、ぎゅうと締め付けている。

深夜。縛られる黒髪の美少女。場所が寝床の上というのもよろしくない。

控えめに言って、いやらしかった。

状況を理解するのに数秒。

頬から耳までを真っ赤に染め上げたカリンは、両目の端に涙を溜めて、エドガーをきつく睨みつけた。

「～～～～～っ、この……っ、よくもッ！」

「それは俺の台詞《せりふ》じゃないか？」

少なくとも夜襲を仕掛けてきた側の言葉ではないだろう。

エドガーとて申し訳なさはあるが、安易に縄をほどいては、先ほどの二の舞になりかねない。

カリンは屈辱を堪《こら》えるようにぷるぷると体を震わせる。

「気づいていたの？　私がここに来ることを。だからこんな淫靡《いんび》な罠《わな》を張って……っ」

「予想はしてたけど、罵呼ばわりは心外だな。別に君のことがなくたって、ベッドには仕込んでいたさ」

「は、はぁ？」

「なんで驚く。睡眠時は人間がもっとも無防備になる瞬間だ。スパイなら日頃から変わり身くらい用意して当然だろ」

現にエドガーは、その日の寝床も定期的に位置を変える。今夜は別室にある便座の上で膝を立てて眠っていた。

就寝中に暗殺されかけたこと数回。エドガーのスパイ人生に基づく習慣である。

だが、カリンは得体の知れないものでも見たかのように、顔をひくつかせた。

「頭おかしいんじゃないの……っ」

「……なるほど。これも普通じゃないのか」

小さく呟《つぶや》いてため息一つ。〝普通〟への道のりは未《いま》だ遠いようである。

エドガーは気を取り直して本題を切り出した。

「学園公認の非殺傷用弾《ゴム》を使う以上、殺すつもりはなかったんだろうけど……どうしてこんな真似《まね》を？　俺に寝込みを襲われる心当たりはないよ」

「――嘘も大概にして」

カリンが吐き捨てるように言った。

「初めて見た時から疑念はあった。今朝の射撃試験で確信に変わったけど」

「なんの話だ」

「射撃試験で手を抜いたでしょ」

「……なんだ、バレてたのか」

エドガーは軽く目を見開き、白状するように苦笑いを浮かべた。

嘘を暴《あば》かれた人間が自白する様を意図して作り上げる。

──問題ない。

この程度の嘘を剝がされても、エドガー・フランクの致命傷には届かない。

さらなる嘘を重ねればいいだけだ。

「元々は戦闘科志望だったんだけどな。色々あって条件を満たせなくて、変装科に編入先を変えたんだ。角が立つといけないから隠すつもりだったんだけど……驚いたよ。そんなことまでわかるのか」

「私ね、〝勘〟はいいの。取り繕っても無駄だよ。戦闘科？　この期《ご》に及んで候補生《アマチュア》として誤魔化すつもり？　あなたは専門家《プロフェッショナル》。ある目的のために、編入生としてこの学園に潜り込んだ何者か。……違う？」

「──買い被られるのも悪くない気分だな」

この時、エドガーは学園に来て以来、もっとも濃厚に嘘《うそ》の気配を身にまとった。

生じた動揺は表に出ることなく、疑念として脳内で処理される。

おかしい。

カリンは本人の申告通り、類稀《まれ》な〝勘〟を有するが、それでも彼女の挙げた予想は正確に過ぎる。仮にエドガーを怪しんだとて、編入初日に暴かれるほど、稚拙な嘘は吐《つ》いていないはずだ。

瞬時の間に、幾つもの推測が泡のように浮かび、悉《ことごと》く否定されていく。

答えは出ない。だからエドガーは、カリンの予想を虚構《フィクション》として面白がる体《てい》を装《よそお》い、彼女に問いかけた。

「どうせ潜入するなら、敵の軍本部！　とかの方が燃えるな。編入生としての潜入ね。その設定なら、俺の潜入目的はどんな感じなんだ？」

「……初めて私と会った時、あなたは動揺していた」

――ようやく、エドガーは己のしでかした致命的なミスに気づいた。

思い起こされるのは、カリンとの初対面《ファースト・コンタクト》。

あの時、探し人である琥珀《アンバー》が目の前に現れ、エドガーは一瞬だが動揺した。

そして口走ったのだ。

言葉にはしていない。だが、ああ、その名を知り、実際に何度も呼ばれたことのある者であれば、あるいは唇の動きだけで読み取れるかもしれない。

私は、あの時。

「――琥珀。あなたは私を見て、そう言った」

ただの宝石の名。だがカリンにとって、これほど大きな意味を持つ名もない。

カリンの識別名〈真実を惑わす琥珀〉にして、彼女の通称。

少女は、身を強《こわ》ばらせない。から決して目を逸らさない。

「偶然とは言わせない。エドガー候補生を遥《はる》かにしのぐ技量を隠して、学園に潜入している素性の知れない何者か。そして、私の本当の名前を知っている。この二つが揃《そろ》った時点で、私は
問わずにはいられないの」

深夜の強襲は失敗した。カリンは武器を失い、身動きが取れず拘束されている。

なのに、対峙《たいじ》するエドガーはこれ以上なく、追い詰められていた。

「答えて。あなたは、誰」

全てが終わってしまう。

エドガーが〈蜃気楼《しんきろう》〉だと知られたら、潜入任務は破綻するのだ。

〈蜃気楼〉が表向き死亡した件《くだん》の作戦。

あの日、裏で糸を引いていた裏切り者が、少女らの中に潜む可能性がある以上、正体は決して明かしてはならないのに。

「……あなたが……」

カリンの声が弱々しく震える。抑えようとした激情が制御を失い、喉からせり上がるようにして、彼女を叫ばせた。

「あなたが……隊長を殺したの⁉」

少女の荒い息。

それに、微《かす》かに聞こえる空調の駆動音。

静寂と呼んでいい間をたっぷり置いて……エドガーはきょとんと問い返した。

「……は？」

「とぼけないで。あなたが……っ、ううん、あなたなんかに隊長が殺せるわけない。でも少なくとも、あの日の作戦には関係しているはずッ。琥珀という名前を知ってて、正体を隠してこの学園に現れたんだから――っ、えほっ、えほッ」

「ゆ、ゆっくり喋《しゃべ》れって」

「うるさいッ」

息も絶え絶えである。忘れがちだが、少女は縄で全身を縛られている状態だ。叫べばその分、体を縛る縄も強まり体力も消耗するというもの。

カリンは貪るように息を整えると、キッとエドガーを睨んだ。

「私を消しにきたんでしょう⁉ あの作戦の生き残りである私を……ッ。それとも情報が望み？ 拷問でもなんでもすればいいよ。私は絶対に吐かない！」

「いや、しないいしない。そんな決死の覚悟を決めてもらってもしないから」

「ならなにが目的？ 私を手駒に置いて、本国の諜報部《ちょうほう》に網《パイプ》でも繋《つな》ぐ？ お生憎様《あいにくさま》。私はただの捨て駒だもの。大した価値なんてない。残念だったね！」

「そんな悲しいことを堂々と言うなよ……。それで利用価値がないと判断されたらどうする気なんだ？」

交渉事で自ら手札を晒《さら》すことほど迂闊《うかつ》な振る舞いはあるまい。

立場も忘れて慮《おもんぱか》った故の発言だったのだが。

「利用、価値……やっぱり殺すつもりで……」

エドガーの言葉が最後通牒《つうちょう》にでも聞こえたのか、カリンは酸欠から両目に溜《た》まる水滴を散らしながらも、気丈に声を張った。

「まだ死ねない。私は任務を完遂するまで絶対に死ねない。隊長の死を……どうしてあの人が死ななくちゃいけなかったのか、それを知るまでは死ねないんだッ」

「……知るって」

「白々しい。エリートの〝特権〟は知っているでしょ！」

さも知ってて当然と話を振られるも、エドガーとて未だ編入初日。情報収集に十分な時間を割けているとは言えない。だが、めぼしい噂《うわさ》なら耳にしていた。

それは、学園の頂点に立った候補生に与えられる夢のような権利。

「あらゆる願いが叶うってやつか……？」

「エリートの中の頂点。〝エルダー・エリート〟。学園一の最優秀者として選ばれた候補生には、現帝国皇帝に謁見し、皇帝の権限で一つだけ願いを叶《かな》えられる」

カリンに嘘を吐いている気配はない。エドガーは静かに瞠目《どうもく》する。

皇帝。

すなわち、軍事大国である帝国の最高権力者だ。

帝政の性《さが》か、皇帝には国そのものと言っても過言ではない権力が集まる。富、名声、地位。望めば、全てが意のままだ。

スパイ候補生たちが躍起になるのも頷《うなず》ける。

皇帝が願いを叶えると言えば、あらゆる夢の実現とて不可能ではないだろう。

「君は、何を望む気だ」

「帝国中央情報局。その上層部への所属」

カリンは迷いなく言い切った。

「隊長を死に追いやったのは、公国の裏切りが原因で間違いない。でも、その裏切りで得をしたのは帝国も同じ。手引きした人間が必ずいる。中央情報局に潜れば、その証拠だって残っているはず。あの日の真相だって……！」

「……仮にそうだとして、自国の闇を暴《あば》くような行為を、公国が許すと思うか？」

「私は捨て駒。機密の一つでも手に入れたら十分、その程度にしか思われていないもの。帝国の秘奥《ひおう》に潜り込めなんてしたら、公国の連中、警戒するどころか大泣きして喜ぶんじゃない？」

カリンの頬が、己を嘲笑《あざわら》うかのように歪《ゆが》む。

彼女の潜入任務は、帝国の機密情報をより多く手に入れることが目的――少なくとも、相応の地位に就きたいカリンの願いと、任務は相反しない。

捨て駒。死地へ赴くことを強制された身。

元より逃げ場はない。その上で、彼女は端《はな》から逃げる選択肢を放棄していた。

「……死人の墓を暴いてどうする。そんなことに意味は、」

「──あるよ。あるに決まってる」

蠢《うごめ》くように身じろぎするカリン。

拘束されて苦悶《くもん》の声を上げつつも、それだけは捨て置けない、と言わんばかりに、睨《ね》めつけるようにエドガーを見上げた。

「私は……私は、隊長が大好きなの‼」

「っ」

「なのに、なにもできなかったッ！　隊長が苦しんでいる時、助けが必要な時に、私はなにもできなかったんだよッ！　だから、だから、だからせめて……ッ」

慟哭《どうこく》の果てに残った願いは、今にも吹き消えそうなほど弱々しく。

「あの人の最期《さいご》だけは、知りたい……。じゃないと、私は、胸を張ってあの人を好きだって言えなくなる……」

カリンは顔を隠すように俯《うつむ》く。ベッドの真っ白なシーツにぽたぽたと零《こぼ》れてつくられた染《し》みが、表情を物語っていた。

懇願するように、その額がベッドに押しつけられる。

「……生意気な口を利《き》いたことは謝る。謝ります。だからお願い。まだ死ねないの。私を殺さないで」

「私にできることならなんでもする。可能な限り情報も渡すから。それに……わ、私のことも、望むなら好きにしてくれて構わない。だから……っ」

「誤解だ、俺は」

「誤解だと言ってるだろーに！」

エドガーはたまらずベッドへと距離を詰めた。

顔を伏せるカリンの頭を摑《つか》み、強引に顔をこちらへ向けさせる。なにを思ったのか、目蓋《まぶた》を震わせながら目を閉じた彼女に、エドガーは深い嘆息を吐くと。

丸めた中指を突き出し、額へ向けて、蹴り上げるように放つ。

ぱちんっ、と綺麗《きれい》なデコピンが炸裂《さくれつ》した。

「っ、痛《い》っ～～～～～～～～～～～ッ。な、なにするのぉっ」

「話を聞け！」

よほど痛かったのか、カリンは悶絶しながらベッドを転げ回っている。全身を縛られている様子が尚更《なおさら》に憐憫《れんびん》を誘った。

「……そんなに痛かったか？」

「額が割れたかと思ったぁっ」

「わ、悪かったよ。……けどよく聞いてくれ。俺は君の敵じゃない」

「何を今更。私の名前も知っててそんな言い訳……っ」

「ああ知っている。君が公国のスパイで、かつて誰と一緒に任務に臨んでいたかも……俺は知っている」

エドガーは言葉に詰まりそうになりながらも続ける。

即興で組み立てるのは虚構の背景《カバーストーリー》。

とんだ失態で正体が露見しかかったが、この状況ならまだ誤魔化しは利《き》く。

元より、エドガー・フランクは嘘《うそ》で形作られた人間。であれば、現状に適した嘘の外套《がいとう》をもう数枚重ね着することなぞ造作もない。

エドガーは変装科の編入生。もし、それだけではないとしたら？

彼はカリンの事情も知っている。何故《なぜ》なのか？

そう、それは。

「俺は公国でも帝国でもない——第三国のスパイだ」

「！……でまかせ言わないで」

「まあ聞け。所属は明かせないが、君の識別名《コードネーム》と顔は組織の資料で見た。〈蜃気楼〉が関わった一件も調査済みだよ。俺の国では彼に関する情報は優先度が高いんだ。それなりに網は張っているわけさ」

「ふ、ふぅん。ま、隊長はすごいし？　当然かな」

何故か自慢げに胸を張るカリン。繰り返すが、縄に巻かれている状態だ。

簀巻《すま》きでのドヤ顔である。

「それで？　まさか偶然この学園に潜入してきて、たまたま私と出くわしたって言うつもり？」

「スパイ養成機関〈クリプトス〉は帝国の重要施設の一つだ。別に、複数国のスパイが潜り込んでいても不思議はないだろ？　現に、君と俺がここにいる。まあ、編入初日に出くわしたのは偶然と信じてもらうしかないけど」

「……むぅ」

カリンが悔しげに黙り込んだ。

いや何故今ので納得する。内心でエドガーは冷や汗を掻《か》く。

話が簡単に運ぶのは有り難《がた》いが、些《いささ》か以上に素直すぎやしないか。もう幾つか信じ込ませるだけの材料を用意していただけに、彼女の純粋《チョロ》さが心配にもなる。

「じゃあ、あなたの目的は？」

「君とそう変わらないさ。……そう睨《にら》まないでくれ。同じスパイだ。明言できない歯がゆさは理解してくれよ。これでも危ない橋を渡ってるんだ。現地で別のスパイと腹を割って話すなんて想定もしてなかったからな」

「……私をどうする気」

「どうもしない、とは言えないな。同業者を放置はできない」

カリンが肩を微《かす》かに震わせた。その瞳には怯《おび》えの色が映っている。

「安心しろ。悪い話じゃない。俺と協力しないか？」

「協……力？」

「君はエリートの頂点……エルダー・エリートだったか。そこに至って〈蜃気楼《しんきろう》〉の情報を掴むことが目的だろ。俺にそこまで大層な権限は必要ない。帝国スパイ養成機関に眠る情報を細く長く、吸い出せればいいからな」

「目的が被《かぶ》らないのなら、お互い見て見ぬふりをしようってこと？」

「少し違う。俺は君の目的に協力する。君が学園の頂点に立てるよう影から支えるよ。勿《もち》論《ろん》、俺の組織にも報告はしない。その代わりに、君が権力を得た暁に、少しばかり情報を融通してくれればいい」

「……信じていいの？」

「いいわけないだろ」

「なにそれ」

カリンが呆気《あっけ》に取られたように目を丸くした。

いい加減、彼女の無警戒さが心配になってくる。

「疑え。その上で俺を利用しろって話だ。俺も君を利用する。スパイ同士の関係性なんてそんなもんさ」

「……お互いに秘密を握っていれば、下手には裏切れない。協力者がいれば、学内でも動きやすくなる。そういうこと？」

「理解が早いな。賞賛に値するよ」

思わず口を突いた言葉がなんだったのか、エドガーはカリンの凍り付いた表情を目《ま》の当たりにしてから気づいた。

失態。二度も続けば大失態である。

積み上げた嘘が水泡に帰しかねない。

表情には出さず内心顔を青くするエドガーだったが、カリンは一抹の寂しさを表情に浮かべるも、すぐに掻き消してエドガーを睨みつけた。

「やめて。隊長の口癖まで調べてるの？　悪趣味だよ」

「……悪かった」

エドガーが謝罪すると、カリンは無言で小さく頷《うなず》いた。

少しばかりの静寂が訪れる。

決して長くはない時間だが、カリンにとっては熟考の間だったのだろう。

「エドガー君。私は……あなたを信用しないよ」

——琥珀《アンバー》と初めて出会った数年前の頃。

彼女の男性に対する嫌悪《けんお》感は今の比ではなかった。同性であっても変わらず、目に映る人間全てを疑い、怯え、憎んでいた。

そんな数年前の琥珀と、現在のカリンの姿が重なって見える。

「私が信じるのは世界でただ一人、隊長だけ。そもそも、私、男の人は嫌いだから。あなたが協力者になっても変わらない。変えるつもりもない」

だが、そう見えるだけだ。

今この場にいるのは、〈蜃気楼〉に教えを請《こ》うていた頃の少女《アンバー》ではない。

〈蜃気楼〉亡《な》き世界で、スパイとしての技術を磨き続けた彼女《カリン》だ。

カリンは目を逸《そ》らすことなく、挑むようにエドガーを見つめた。

「その上で、あなたと取引がしたい」

——そうだ。それでいい。

愛弟子《まなでし》の成長に、エドガーは心中でのみ賛辞の言葉を贈る。

スパイの世界は嘘だらけだ。

信頼や親愛。陽《ひ》の当たる世界でなら尊ばれる宝石のように輝かしい言葉も、ひとたび諜報《ちょうほう》の闇に落ちれば、塵《ちり》ほどの価値もなくなる。

だからこその取引。

スパイの信頼は、互いの利益を担保として差し出し合い、初めて成立する。

「取引、ね。内容は？」

「定期試験。直《じき》に開催されるそれは、私がエルダー・エリートになるためには合格が必要不可欠なの。手を貸して欲しい」

「喜んで。……で、取引って言うくらいだ。俺に見返りはあるのか？」

「私がエルダー・エリートに上り詰めた後は、あなたの望む情報を全て渡す。あなたの指示に従う手駒になる。隊長がいなくなった真相……それが知れた後なら、私のことを好きにしてくれていい。不要なら処分しても構わないから」

「いや重すぎる。却下だ」

「なんでよ⁉」

前言撤回。

——それでよくはない。いいわけがあるか。

「自分の身を対価に差し出すスパイがどこにいる。目的さえ達成できたら、あとは好きにしてくれだなんて逆に怪しいまであるだろ」

「で、でも、私には他に提示できる材料なんて……」

拒否されると思っていなかったのか、カリンはおろおろと狼狽《うろた》えている。

——〈蜃気楼〉の残した爪痕は重い。

命すら平然と投げだそうとするのだ。どれだけ〈蜃気楼〉が想《おも》われているのか、その裏返しと言えば美談にも聞こえなくはないが、実態は呪いのようなものである。

亡霊め。そう、内心で吐き捨てる。

「わかった。なら、今の条件に一つ追加してくれ」

ややあって、エドガーは口を開いた。

「俺たちは互いを疑いながら協力する。スパイだからな。それが普通だ。でも、もしも……君が俺のことを認めてくれて、少しでも信じようって思ったなら、心のままに信じてくれないか」

「……そんなの、何の意味があるの……？」

カリンが困惑したように眉根を寄せるも、意味はあるのだ。

――現状、琥珀に逃げ場はない。

何せ、敵国の真《ま》っ只中《ただなか》である。容易に脱出はできない。仮に逃げたとして、捨て駒として送り出す公国が受け入れるはずもない。

であれば最善手は、カリンの任務を手伝い、成功させること。

カリンをエリートの頂点にまで押し上げ、情報という対価を手に、祖国に帰る切符を勝ち取らせる。

もっとも、他のエリートの少女たちも同様の状況ではあるが……現在のエドガーは変装科。まずは同科のカリンから話を進めた方がいいだろう。

ともあれエドガーは、カリンを支えるべく、傍《そば》に居続ける必要がある。

それも取引という表面上の関係ではなく、心を許されるような存在にならなくては。

簡単な話でないことは百も承知。だが、初めてではないのだ。

エドガーはカリンに巻かれた縄をほどく。訝《いぶか》しげにする彼女に、不敵に笑うと、身体《からだ》を起こすためにと手を差し伸べた。

かつて、琥珀と呼ばれた少女が、〈蜃気楼〉に時をかけて心を許したように。

エドガーもまた、カリンの信頼を得るべく、一歩ずつ始めていこう。

「どうだ? 取引成立か?」

「……言っておくけど、信じる気はないよ？」

「構わないさ。信じさせればいいだけだからな」

「ふぅん。なら……勝手にどうぞ」

カリンが不服そうに鼻を鳴らし、そっぽを向いた。

そんな不遜な態度が、今のエドガーには少しばかり心地よい。

だってそれは――嘘《うそ》ではない、恐らくは素のカリンの反応だったのだから。

「ああ。それから、とっとと手を引っ込めてくれる？　信じる以前に男の人は嫌いなの。あなたみたいな軽薄そうな人は特に無理」

「……ひどい言われようだ」

三章　電子の神　－Aquamarine－

薄暗い室内に、一筋の光明が文字通りに差し込む。

長机の上に置かれた映写機が、微かな駆動音を立てて、スクリーン代わりにした黒板へ光を照射した。

映し出されるのは、モノクロに写された幾つもの写真と文書。

場所は変装科の講堂。エドガーが初日に自己紹介をした場所である。

もっとも今日は、教官の姿はない。監督者の姿がない中で、席に着く生徒らは皆一様に真剣な顔をして、スクリーンへ目を釘付《くぎづ》けにしている。

エドガーの自己紹介の時とは比べるまでもない集中力だが、無理もない。

この場では、変装科の将来を左右する重要な〝作戦会議〟が行われているのだから。

「――今日こうして集まってもらったのは他でもない」

スクリーンの横に控えるのは、変装科をまとめるエリートであり、作戦会議の進行役でもあるカリンだ。

心持ち普段より凜々《りり》しい顔をしている。

「先日、尋問科が入手し、そして私が盗みだした定期試験の情報について、進展があったからだよ。元々は教官が所有していた資料、暗号化もされてたけど、解析班が徹夜で解読してくれたおかげで、もうすぐ結果が届くはず」

「……なあ、質問いいか」

それまで黙って話を聞いていたエドガーがおもむろに挙手をした。

生徒らが一斉にぐりんと顔をこちらへ向ける。薄暗いこともあって、ちょっとしたホラーのような光景である。

う、と気圧《けお》されるエドガー。

しかし問わねばならない。放置などできるものか。

「雰囲気に流されそうになったけど、今の時間って普通に訓練中だよな……？　全員で訓練サボって、堂々とカンニング競争の結果を語るってどうなんだ……？」

現在は登校してすぐの訓練時間。

変装科の学棟に足を踏み入れたエドガーは、周りの女子生徒に囲まれると、あれよあれよと言う間にこの場へ連れて来られたのだ。

状況を説明して欲しくもなる。だが無情にも返ってきたのは、チッ、と鼠《ねずみ》が鳴くような舌打ちの嵐である。

「空気の読めない男め……」

「そこはとりあえず乗っかっておけばいいのよ……」

「ってかあんたが普通を語るなゾンビ音楽劇男《ミュージカル》……」

「せっかくカリンお姉様が格好良く司会をキメてるのに……」

「……君たちは変わらないな」

入学早々に不名誉なあだ名をもらった気がしなくもない。

正式に変装科へ編入を果たしても、エドガーの周囲からの扱いはご覧の通りだが。

「――戦力になる人間を遊ばせておく余裕はないよ」

ぱん、とカリンが手を鳴らすと、少女たちがしんと静まり返った。

「男であっても使えるスパイであれば使うだけ。軽口は多いし、やること常識外れだし、あとやっぱりスパイを名乗るには相応《ふさわ》しくない男だけど……」

「うん、フォローしてくれるんじゃないのか？」

「それでも、そこのエドガー君は戦力になる。皆の苛立《いらだ》ちも理解できるけど、ここは変装科の未来のために、一丸となって受け入れて欲しい」

「「「はい、お姉様！」」」

「……まあ、仲良くできるならそれでいいよ」

そっと肩をすくめたエドガーの背には哀愁が漂っていた。

カリンが小さく咳払《せきばら》いをする。

「脱線したね。知っての通り、定期試験が近い。定期試験は、七つの科で競い合う実技試験。各科による〝対抗戦〟だよ。お互いの専門分野を駆使して、出し抜き、最速での試験突破を目指す——〈クリプトス〉の一大行事」

「最速ね。最高得点を目指す、とかじゃなくてか」

カリンの言い回しは意図してのものだろう。

高得点を目指すのではなく、合格までに要する時間が重要視される理由とは。

対抗戦という形態と合わせて考えてみれば——。

「合格できる科が限られてると？」

「そう。枠は一つだけ。その代わり合格した科には、所属する生徒全員に日頃の試験とは比べものにならない、膨大な点数が加算されるの」

「大盤振る舞いだな」

道理で、とエドガーはカリンとの取引内容を思い返した。

スパイ養成機関〈クリプトス〉における評価の指標は、生徒が獲得した点数のみ。

エリートの頂点、すなわちエルダー・エリートに上り詰めるためには、定期試験における得点が必要不可欠なのだろう。

「で、肝心の試験はどんなのなんだ？」

「これ」

カリンが一枚の紙を取りだして見せた。

彼女との距離は遠い。エドガーの常人離れした視力が紙面を読み取ると、へぇ、と納得して頷《うなず》いた。

「白紙か。スパイの学び舎《や》らしいな」

「定期試験は毎回こうなの。どんな試験なのか、その内容を自力で調べ上げるところから既に試験は始まっている。情報戦の模擬訓練だよ。問いにすら辿《たど》り着けない者にスパイの資格なしってこと」

「ああ、カンニング競争もそうだったか」

エドガーは編入初日の登校風景を思い起こす。

早朝の銃撃戦。そもあの事態に至った原因も、定期試験の情報を巡っての各科の争いだった。

「定期試験の間は、通常の訓練は中止。試験期間として生徒に自由時間が与えられる。今日が初日、期限は一週間。猶予はそう長くない。尋問科を出し抜いて一歩先に行っているとはいえ、他の科が明確な動きを見せる前に、行動を起こしたいけど……」

顎に指先を添わせて考え込むカリン。そんな彼女に、女子生徒の一人が近づき、そっと耳打ちする。

「……解析の結果が出た。定期試験の内容だよ。でも、これは……」

「勿体《もったい》ぶらないで教えてくれよ。編入初日で退学になりかけたんだ。学園のぶっ飛び具合は肌で実感してる。今更なにが来たって驚かないさ」

「……その言葉、忘れないでよ」

意味深にため息を吐《つ》いたカリンが、映写機を操作する。

スクリーン代わりの黒板に新たに映し出されるのは、一枚の書類。作戦指令書に似た資料に記されるのは、見るに長たらしい試験内容だった。

それをカリンは意訳して読み上げる。

これより変装科が挑む試験とは――。

「今より一週間以内に、中央情報局に眠る機密情報――通称『C文書』を入手せよ。

なお、この試験は実戦を想定している。同局はスパイ候補生らを味方ではなく敵として扱うものとし、失敗した候補生は相応の対処をされるので悪《あ》しからず。心して挑むように。──だってさ？」

エドガーは、すん、と真顔になった。

……それ、退学どころか、下手すれば国家反逆罪とかに問われるやつでは？

■

作戦会議を終えてしばらくした後。

エドガーとカリンは変装科の学棟を発《た》ち、とある場所を目指して、学園の敷地内を二人で並んで歩いていた。

「──対策を練る必要があるな」

顎に指を這《は》わせるエドガーの顔は深刻そのもの。

「スパイに法は適用されない。捕まれば一巻の終わりだ。敵は中央情報局、既に学園に斥候を送り込んでいても不思議じゃない。警戒しよう。さすがは帝国の名門、緊張感のあるイイ試験だ……！」

「……ねえ、それ本気で言ってる？」

　一方のカリンは、呆《あき》れたように嘆息した。

「あんなの、私たちに緊張感を持たせるための学園の方便だよ。自国の貴重な戦力《スパイ》を逮捕するわけないでしょ。ただの雰囲気作り」

「……嘘《うそ》だろ？　画期的な仕組みだって感心してたのに……」

「物騒にも程があるでしょ……」

　カリンが顔を引きつらせて、半歩エドガーから離れた。

　そうか。方便か。スパイ候補生の普通はやはり難しい。

「で、でも、前置きはともかく内容は本物だろ？」

　気を取り直すようにエドガーは言う。

「この試験、敵国から機密を盗む予行演習ってところだろうけど、中央情報局がわざわざ付き合ってくれるとはな。連中、暇なのか？」

「ここはスパイ養成機関。情報局の傘下《さんか》だよ。将来有望なスパイに目星をつける意味もあるでしょうし……スパイにとって一番の訓練は実戦だもの」

　カリンは思い出すように目を細めた。

「前回の定期試験も、対テロを想定した実戦形式の対抗戦だった。校内に仕掛けられた爆弾を誰が一番早く見つけるか——もっとも、テロリスト役は情報局から派遣された現役のスパイで、爆弾も見た目だけの偽物《にせもの》だったけど」

「また派手なことを。学園もよくやるな」

「普段の訓練は別だけど、定期試験だけは中央情報局から直々に指令が下るからね。むしろ主導する分、乗り気なんじゃない？　学園側は大変だろうけど」

「苦労が偲《しの》ばれるな……。とくれば〝C文書〟とやらも、試験のために情報局が用意したハリボテか。本物の機密を扱うわけないし。どんな代物なんだか」

「それを確かめにいくんでしょ」

カリンの足取りは淀《よど》みなく、彼女に付き従うエドガーもまた同じ。

二人の目的地は、スパイ養成機関に存在する七つの科の内の一つ。

「電子支援科」

エドガーは標的の名を口にした。

「通信の傍受、改竄《かいざん》、暗号の解読まで、電子的な諜報《ちょうほう》活動なら、なんでもござれの最新鋭のスパイ……彼女らなら〝C文書〟の手がかりを摑《つか》んでると？」

「先手を取るのにあれほど上手《うま》い科もないの」

エドガーの疑いに、カリンはなんでもないように答えた。

「電子支援科は学内の通信回線を掌握してる。生徒のやり取りはもちろん、教官たちの業務連絡だって、連中には筒抜けも同然だよ。試験の内容……C文書の存在も、とっくに調べはついてるはず」

「敵ながら高く買ってるんだな」

「正しい評価は必要でしょ。電子支援科は前回の定期試験の合格者だもの。油断すれば足を掬《すく》われるだけ」

そう言いつつ悔しさはあるのか、両腕を組むカリンは憮然《ぶぜん》とした面持ちだ。

思えば、エドガーが初日に巻き込まれた銃撃戦。

あの状況を把握できたのも、電子支援科が既に生徒らの通信回線を掌握しており、それをエドガーが盗聴したからだった。

「特に厄介なのが、エリートのシャロン。歴代エリートの中でも頭一つ抜けてて、中央情報局が持つ情報防壁《セキュリティ》の構築にも、候補生ながらに手を貸したって話だよ」

「……優秀なんだな」

シャロン。その名に馴染《なじ》みはない。

ただ、中央情報局も認める程のスキルと聞けば、これ以上なく心当たりがあった。

かつての〈蜃気楼《しんきろう》〉の小隊の一員にして、電子諜報戦の専門家。

とある事情で『落第』の烙印《らくいん》を押されはしたものの、その技術は折り紙付き。

識別名《コードネーム》〈叡智《えいち》に殉ずる水宝玉《アクアマリン》〉。

〈蜃気楼〉からは、水宝玉《アクア》と呼ばれていた少女だ。

「情報防壁は作り手の癖がでる。シャロンって子が手伝ったんなら、抜け道《バックドア》……自由に情報を閲覧できる仕掛けも仕込んでそうだ。C文書とやらの手がかりくらい、中央情報局から手に入れててもおかしくはないかもな」

「……射撃だけじゃなくて、電子諜報にも通じてるの？」

「表面的な知識だけな。スパイの嗜《たしな》みってやつさ」

エドガーの茶化すような物言いに、カリンの目が訝《いぶか》しげに細まる。

とはいえ、正直に言うわけにもいくまい。

件《くだん》のシャロンに、かつて電子的な諜報の手解《てほど》きをしたのが自分である、とは。

「変装科は素性を偽り、集団に潜り込んで情報を得るスパイ。ここからが本領発揮さ。だからこうして俺を同行させたんだろ？」

潜入の基本は少数精鋭だ。

電子支援科に忍びこむにあたり、カリンはエドガーを相棒として指名している。

「安心してくれ。期待には応えるよ」

「別に。取引した分は働いてもらおうと思っただけ。……、いや」

カリンがふと思い立ったように、挑発するような上目づかいでエドガーを見上げた。

「期待はしてるかな」

「うん？」

「この学園に男子はあなた一人。当然、電子支援科の生徒も女子しかいない。引き返すなら今のうちだよ。銃の扱いは上手いようだけど、性別を偽るほどの変装術に心得でもあって？」

「……なるほど。その期待には添えなくて申し訳ないが」

ニヒルに唇の端を歪《ゆが》め、バッと勢いよく両手を広げてみせる。

エドガーの指の間に挟むようにして並べられる、様々な用途の化粧道具。

「生憎《あいにく》と準備は万全だ」

「どこから取りだしたのよそれ……」

「スパイの上着は懐《ふところ》が深いのさ」

見せたことで満足し、いそいそと道具を懐に仕舞うエドガーを見て、大丈夫かなあと言わんばかりに呆れるカリン。

だが、その後すぐに、彼女は別の意味で呆《ほう》けて口をまん丸に開けることになる。

■

電子支援科の学棟は、他の科の学棟とはまるで雰囲気が異なる。

学園といえどスパイの学び舎《や》。射撃訓練場をはじめ、一般の学校には見られない施設も多々存在するが、その中でも一際《ひときわ》異彩を放つ建物があった。

ゴーン、と。

重厚な鐘の音を天に響かせる大鐘楼。

清廉さを証明するように装飾の少ない質素な校舎は、学び舎というより聖堂の様。

そして何より、敷地内を行き交う生徒らの格好が目を惹《ひ》く。

髪をまとめて包む黒の頭巾。

身体《からだ》のラインを綺麗《きれい》に見せる薄手の黒いワンピース。

聖堂と称しても違和感のない建物を背景にすれば、彼女らの格好はある一つの制服として見る者に印象を抱かせる。

すなわち、修道服。シスターである。

その格好こそ、電子支援科の改造した制服であり、科を象徴する姿だった。

何故にスパイの学び舎にシスターがいるのかと言えば——。

「曰《いわ》く、電子の神を信奉している」

聖堂を目指して、電子支援科の敷地内を歩く二人のシスター。

その内の一人が、澄んだ声で歌うように語る。

「電子の神とは文字通りの神様ではなく、エリートであるシャロンを指しての言葉。あまりに飛び抜けた技術を持つことから、羨望《せんぼう》を一身に集めて、果てには神とまで讃《たた》えられるようになったとか」

「……そうね」

「だからって、校舎まで改築するなんてね。エリートを神と崇《あが》めたり、修道服を制服にしたり……どの科も独特の格好をしていたし、共通の規則をつくるのって結束力を高めるやり方として有効なのかしら？」

「…………そうね」

「ねえ、どうしたの？　さっきから苦い顔をしちゃって」

足を止め、腰に両手を当てる。

いかにも困ってますという風に、エ、エドガー、がぷくと頰に空気を蓄えた。

すると、急に立ち止まったからか、近くを通ったシスターが二人に目を留める。

エドガーが軽く会釈《えしゃく》をすれば、相手の生徒は、彼をちらと横目で見て——応じるように軽く微笑《ほほえ》むと、無言で通り過ぎていった。

男という異物を目《ま》の当たりにした反応ではない。

だが、なにもおかしくはない。

なにせこの場には、シスターの少女たちしかいないのだ。

腰まで届く長髪が修道服のモノトーンな色調に似合う少女二人。

カリン・ベネディクトと、エドガー・フランクである。

「…………いやいやいやいやいやおかしいでしょ⁉」

カリンは強引にエドガーの腕を掴むと、近くの物陰へと連れ込んだ。

人気《ひとけ》のない場所で、カリンは両腕でエドガーの肩を掴むと、ぐっと顔を近づけて穴が開きそうなほど見つめる。

その瞳に映るのは、まごうことなき美少女だった。

「どういう変装術よ⁉ 女装というより女の子そのものじゃない！ 百歩譲って顔はわかる。最新鋭の仮面《マスク》なら男女の骨格の違いも誤魔化せるもの。うまく化粧すれば、こんな美人顔もつくれるかもしれないけど……」

「もー美人だなんて。ありがとう♪」

「あぁぁぁぁ可愛《かわい》い声をだすな可愛く笑うな脳がおかしくなるぅぅーっ」

カリンが悶絶《もんぜつ》するように頭を抱えた。

対するエドガーは頰に手を添えて困ったように微笑む。

見た目だけで言えば、身長高めの可憐《かれん》なシスターだ。

「騒ぐと人が来ちゃうよ？」

「誰のせいだと……っ。その声、変声機も使わないで、どんな声帯してるのよ！　女の体格にまで変えられるのだっておかしいでしょ⁉」

「そんなこと言われても……」

不思議そうに小首を傾《かし》げる長身シスター。

エドガー・フランクの面影は皆無である。

「人は他者を記号で認識する。一時的な潜入ならそれらしく見えればいいだけだもの。ましてや、修道服なんてわかりやすい記号もある集団《コミュニティ》。難しい話じゃないわ」

「それにしたって腰とか細すぎない⁉」

「物理的に体型を変えているわけじゃないのよ。見た目を整えて、あとは筋肉の動かし方……振る舞いを少女らしくすれば、勝手に周りが誤解してくれるわ」

「ぬ、ぬぬ……」

反論できずカリンはしばらく唸《うな》っていたが、切り替えるように頭を振った。

「……まあ、変装は問題ないみたいだけど。あなたはまだ学園に来て日が浅い。ボロが出ても困るから、電子支援科の連中とはなるべく話さないようにして」

「了解♪」

「なんで楽しそうなの。あと、他に人がいない時は、せめて声と話し方だけでも元に戻してくれない？　私の精神の安寧のために」

「仕方ないなぁ――……ふぅ、これでいいか？」

「くっ、声はエドガー君なのに、見た目が無駄に可愛いのなんか腹立つ……」

「俺にどうしろと」

心底納得いかなそうな顔で歩き始めるカリン。

その後ろを追いながら、エドガーは内心でカリンの言葉を反芻《はんすう》する。

楽しそう。確かに、そうかもしれない。

お互いに名前も立場も違う。あの頃とはなにもかもが異なる状況だが。

これまで手を引いてきた愛弟子《カリン》から、ついてこい、と背中を見せられて先導されるのは
――自然と笑みが浮かぶほど、心躍るものがあった。

しかしこの身はスパイ。

場にそぐわない感情は不要な装飾品でしかない。エドガーは努めて弾む気持ちを抑える

と、前を行くカリンに向けて口を開いた。

「迷わないんだな。目的地にアテでもあるのか？」

「じゃなきゃ潜入できないでしょ。当たり前のこと聞かないで」

「お、思い出したように辛辣になるな、君は」

とはいえ、相も変わらぬ愛弟子《まなでし》の塩対応には、スパイとしての仮面も剝がれそうになるのだが。

「そんなに、俺の変装が堂に入ってたのが意外だったのか？」

「は？　誰があなたの技術に嫉妬してるって？　少し腕が良《い》いだけで調子に乗らないでくれる？」

「語るに落ちてるぞ……なあ、前々から気になってたんだけど」

スパイ養成機関〈クリプトス〉に来て以来の疑問。

エドガーが女装する羽目になった原因でもある。

「どうしてそこまで男スパイを毛嫌いするんだ？　聞けば、学園から男を排除しようって方針を最初に立てたエリートも君なんだってな」

「あなたには関係ないでしょ」

「あるさ。男のスパイを全員排除するなんて振る舞い、潜入する身として危険なことくらい、カリンだってわかってるだろ」

潜入の大原則は、ひとえに目立たないことだ。

少なくとも、学園から全男子を排除しようとする学生は、スパイ候補生の尺度で測っても普通とは言い難《がた》いだろう。

「君のリスクは俺のリスクでもある。協力者を失いたくはないからな。学生であれば、学生らしくってことさ」

「へぇ、学生らしく。……自分の編入初日を思い出してみれば？」

「ぐ」

それを言われるとぐうの音も出ないのだが。

「だ、だとしても、正体がバレる可能性はあるだろ？」

「……別に、いたずらにリスクを負っているわけじゃないよ。男の人が嫌いな子って、どこの世界にも一定数いるもの。変装科をまとめる上で、無能な男スパイを排除するっていう看板は聞こえが良かった。それだけの話」

「まあ、科同士で張り合う以上は、団結も必要だろうけどな……」

ただでさえ、エリートという目立つ地位に就いているのだ。帝国にスパイだと疑われる材料を自分から増やすこともないだろうに。

エドガーの胸中にあるのは親心にも似た心配である。自分のことは全力で棚に上げるとして、だ。

だから次に口にした言葉も、弾みのようなものだった。

「ほら、君の師匠みたいな……彼だって、きっとそう言うと思、」

「――隊長を気安く語らないで」

瞬間、カリンから極寒を思わせる冷気が噴出した。

足を止め、エドガーに振り向いた顔は虚無そのもの。

幼子が見たら涙も引っ込みそうな凄《すご》みがあった。

「隊長がこの場にいたら、〝男のスパイなんて必要ない。排除した方が世のため人のためになる。むしろどんどんやれ〟――そう、私に同意してくれるはずだよ」

「い、いやどうだろうな……?」

一歩後ずさるエドガー。

きっと隊長とやらは、頭がもげる勢いで、必死に首を左右に振ると思うが。

「スパイは国家の守り手、生半可な覚悟じゃ務まらない。なのに学園の男共ときたら、訓練に励むのなんて形だけで、やれ昼食を一緒にだの、やれ週末に遊びに出かけないかだの――見え透いた下心で近づいてきて、遊び呆《ほう》ける輩《やから》ばかり」

「ぜ、全員がそうじゃないだろ？　訓練以外の交流だって大事だし……」

「隊長は、完璧でありながら常に研鑽《けんさん》を怠らなかった。同じスパイの名を冠するなら、どうしてその心持ちだけでも似通わないの？　本来、スパイという言葉は、あの人のことだけを示すべきなのに――」

エドガーの言葉には耳を貸さず、カリンは爪を噛《か》みながら、虚《うつ》ろなままにぶつぶつと呟《つぶや》いている。

見てる側の精神衛生上、非常によろしくない姿だった。

エドガーは大きく咳払《せきばら》いし、諭すようにカリンへ声をかける。

「どんなスパイでもはじめは拙いもんだ。それは〝彼〟だって同じだろ。すぐに排除しようとするんじゃなく、長い目で見て……」

「――隊長は言ってくれた」

「いや聞いてくれよ」

エドガーの説得も虚《むな》しく、カリンが静かに睫毛《まつげ》を伏せた。

その手は胸元に添えられ、そっと触れる手つきは大切なものを慈《いつく》しむようで。

恐らくは服の下に仕舞われた――琥珀《アンバー》の宝石細工《ネックレス》が透けて見えるようだった。

「『君はいつの日か凄腕のスパイになるだろう。その暁には、君を侮《あなど》った男たちを叩《たた》きのめしてこう言ってやればいい。貴方《あなた》はスパイに相応《ふさわ》しくない』って――」

「…………」

言った。

言ったな、確かにそんなこと。

――ただその言葉は、男に怯《おび》える琥珀を勇気づけるため、少し強めの語感で言っただけで、まさか本当に男を学園から排除するとは思わなかったんだが!?

エドガーの背筋に冷や汗が垂れる。

嫌な予感が、ひしひしと警鐘を鳴らしていた。

「その通りだった。隊長以外の男スパイなんて、ろくな連中じゃなかったんだから。エリートはスパイ候補生の頂点に立つスパイ。支配者であるなら、相応しいと信じる法を敷かせてもらうだけだよ」

「ソ、ソウカー……」

もはや言い逃れはできない。

そもカリンは諜報部《ちょうほう》時代から、男性を怖《おそ》れるあまり、男のスパイと同じ任務に就くことができなかった。

カリンもとい琥珀に『落第』と評価が下された理由である。

例外は、少女が唯一怖れなかった〈蜃気楼《しんきろう》〉のみ。どのような任務に臨むのであれ、彼と琥珀は二人一組。つきっきりだった。

だからカリンは、男スパイを〈蜃気楼〉以外に知らない。

ようは、彼女の中での男スパイの基準とは〈蜃気楼〉なのだ。

仮にも伝説と謳《うた》われるスパイである。

では、帝国のスパイ養成機関に送り込まれて、彼以外の男スパイを、初めて目《ま》の当たりにしたカリンの心境とはどんなものか。

――え、普通の男スパイは、こんなこともできないの？

――隊長は、もっと上手《うま》くやっていたのに……。

――隊長以外の男スパイなんて、必要なの？

ただの想像だ。

だが現状を考えれば、無視できないほどに高精度の予想でもあった。

つまり〈蜃気楼〉が、カリンの男性観……もとい、男スパイ観を破壊したことで。

彼女は男嫌いを拗《こじ》らせ――結果、男スパイ狩りに繋《つな》がったのではないか？

「……うぉぉぉぉ……」

「なに急に唸りだしてるの。気持ち悪い」

懊悩《おうのう》するは我にあり。

床を転げ回りたくなるのを我慢し、エドガーは頭を抱えた。

ああ、なんてことをしてくれた、過去の〈蜃気楼《じぶん》〉――！

「……なんでもない。忘れてくれ」

「いやその奇行で無理があるでしょ。足手まといになるなら置いてくよ」

エドガーの様子に、カリンが胡乱《うろん》げに眉根を寄せた。

まったくこのダメ男は、と言わんばかりの視線。

……その瞳の奥に宿るのが、とある伝説のスパイへの憧憬だと知ると、なんとも言えない気持ちになる。

「仮にも男スパイを名乗るなら、せめて隊長の足下……ううん、爪先くらいまでは、背伸びしてでもがんばってくれる？」

――本人なんだがな。

そうとは言えず、エドガーは曖昧に笑って応えるしかなかった。

■

衝撃的な事実に崩れ落ちかける一幕こそあれど。

エドガーとカリンは、道中でシスターら電子支援科の生徒に怪しまれることなく、彼女らの象徴でもある聖堂に辿《たど》り着いた。

聖堂の門たる分厚い両扉は、既に開かれている。

中へ進めば、荘厳《そうごん》にして奇妙な空間が広がっていた。

最奥《さいおう》に鎮座する身の丈を優に超すパイプオルガン。

祭壇と思われる位置に置かれた、巨大な電子筐体《サーバー》。

会衆席であるベンチに並ぶシスターらの後ろ姿。祈りを捧《ささ》げるような集中力で、見つめるのは各々《おのおの》の前にある液晶画面である。

情報端末のキーを打鍵する軽い音が、重奏となって聖堂に響き渡る。

神秘と科学が渾然《こんぜん》一体となった空間。

この聖堂こそが、電子支援科の本拠地であり、電子的諜報のためにあらゆる情報を集める前線基地でもあった。

「ここまで迷わなかったな」

「変装科は常日頃から他科に潜り込んで情報を集めているんだよ？　ここに入るのだって一度や二度じゃないもの」

なるほど、とエドガーが一人納得するのをよそに、カリンは周りのシスターらに挨拶しつつ、比較的人の少ないあたりの席に座り、情報端末の電源を入れた。

その様子にエドガーは目を丸くする。

「扱えるのか？」

「……あなたは私をなんだと思ってるの。端末一つ動かせなくて、電子支援科に忍び込むわけないでしょ」

「そ、そうか」

カリンの打鍵する音が不機嫌そうに強くなり、エドガーは静かに自省する。

――昔は苦手だったのにな。

通信端末一つ、起動するのに四苦八苦し、ぷすぷすと黒い煙を吐かせては「何もしてないのに勝手に壊れたぁっ」――と、〈蜃気楼〉に泣きついてきた姿が懐《なつ》かしい。

琥珀とカリン。

両者を隔てる二年という歳月の重さを、ようやくになって味わった気分だった。

寂寥《せきりょう》感と言うには大袈裟《おおげさ》な寂しさを覚えつつ、エドガーはカリンの背後から、情報端末の液晶を覗《のぞ》き込む。

立ち上げと共に使用者を待ち受ける画面は――。

「電子錠《ロック》がかかってるな」

「聖堂にある情報端末は、個々人の権限で管理されている。この端末の中にある情報は、連中にとっての生命線だもの。管理は当然厳しいし、本来は個人の端末番号と、三重のパスワードがないと使えないけど……」

カリンは身にまとう修道服から生徒手帳を取り出すと、とある頁《ページ》を開き、そこに記された数字と記号が入り交じった文字列を正確に打ち込む。

ほどなくして、使用者を歓迎するように端末が起動した。

「驚いたな。どうやって手に入れたんだ」

「前にも潜り込んだって言ったよ。変装した生徒に成りすまして盗み取ったの。使えば足がつくから、何度も使える手じゃないけどね」

そう言いつつも、カリンの顔はどこか得意げだ。

端末を起動させてから、キーを叩く指にも迷いがない。

――この分なら、私の助けは必要ないか。

前もって入手した、電子支援科の生徒が保有する端末情報が記された紙切れ。

修道服の懐《ふところ》にしまっておいたそれを、エドガーはくしゃりと握りつぶした。

「スパイの学び舎《や》なんだ。皆が皆、警戒しているだろうに、情報を盗み出せる術《すべ》を用意しておくのは君の手腕あってこそだろう」

些《いささ》か言葉が過ぎるかもしれないが、琥珀を知る〈蜃気楼〉からすれば、カリンに至るまでに彼女が積んだ研鑽の厚みを、賞賛しないわけにはいかない。

彼女は〈蜃気楼〉に褒められることを、何より喜んでいたのだから。

「君は嫌がる言い方かもしれないが……賞賛に値する、ってやつだな」

「……そ、そう？」

それを思えば、不思議ではなかったのかもしれない。

ふふんと鼻を鳴らし、満更でもなさそうに口を開いたカリンは——。

「ま、まあ？　変装も楽じゃないけどね？　相手の行動パターンを把握するのに一週間くらいは張り付いて観察したしちょーっと苦労したかもだけど別にそんな褒められるようなことじゃ——」

自己肯定感に大変飢えていた。

あまりの早口に、エドガーが思わず真顔になるほどには。

褒めて！　と尻尾を振る子犬の姿が幻視できるくらいには。

「——さっきの変装といい、あなたのことも認めてあげないわけじゃないよ。あっもちろん隊長の方がすごいのは当然で世界の真理だけど——」

もっとも、カリンにとってエドガーは唯一、己の事情を知る人間である。

ある意味での理解者だ。

敵国に潜入する状況下、同じ境遇の相手だからと、気が緩んだのだろうと察してはいるエドガーだったが。改めて心配にもなるというもの。

愛弟子《まなでし》、チョロすぎやしないか。

「そうかありがとう。で、肝心のお宝の方はどうだ？」

「あなたも隊長を見習っ――えっ？　あ、ああ、そうね」

とはいえ浮《うわ》ついたまま作業されてはかなわない。エドガーが促せば、カリンはすぐに雰囲気を切り替えて、端末の操作に戻った。

「ええと……あった、これだ」

そうして、画面に表示されるのは幾枚もの電子的な資料。

エドガーはその内容にさっと目を通す。

「電子支援科が集めた情報の保管庫ってところか。C文書の名前もあるな」

「予想した通り、中央情報局の情報防壁《セキュリティ》を突破して、機密を探っていたみたいね。……C文書の区分はセクターⅢ。何かの作戦記録……っていう体《てい》みたい」

「国家機密指定《セクターⅢ》か。また作り込んだ設定を……」

エドガーは呆《あき》れ半分に感心する。

いくら未来のスパイを育てるためとはいえ、試験の題材を最高峰の重要機密として扱い保管する上層部の熱意たるやだ。

「そのレベルの機密となると警戒度も高いはずだ。あわよくば、電子支援科が盗み出してないか期待してたんだが、難しそうかな」

「というより電子媒体で保管されていないみたいね。情報保全のリスクから、物理媒体……紙の資料でしか残してないって記述があるもの」

「徹底しているな」

電子諜報《ちょうほう》に長《た》けた賊への対策としてはこれ以上なく有効ではある。

エドガーはきたる苦労を想像して渋面をつくる。

「物理媒体となると、情報局の本部に直接乗り込んで盗む羽目になりそうだな。さすがに骨が折れそうだ」

「……そうでもないかも」

カリンがぽつりと呟《つぶや》き、キーを叩《たた》くと、別の資料を液晶に表示させた。

通信記録である。二名ほどのやりとりが残されている。

差出人と宛名。両者の名前には見覚えがあった。

「中央情報局の要職、確かどこかの部長だったか。それと、帝国評議会の高官……？」

「評議会の方は、電子支援科の成りすましみたいだけどね」

「……おぅ」

思わず衝撃から口をあんぐりと開けるエドガー。

我に返る頃には、カリンが次々と大物同士の通信記録を読み込んでいた。

「帝国評議会の上席ともなれば、中央情報局にも顔が利《き》く。……ふぅん。高官のフリをして、情報局にC文書を外部に持ち出すよう要請したのね」

「……情報局はともかく、評議会の方は試験と無関係だよな？　偽装がバレたら捕まるんじゃないか？」

「大丈夫じゃない？　情報局の人間が相手してる以上は察してるだろうし。前回の定期試験だって、偽《にせ》の爆弾を用意するために、帝国軍まで巻き込んでたもの」

「学園のやることが大規模すぎる……」

編入以来、銃撃戦の中を登校しようと、初日から退学にされかけようと動じなかったエドガーが、初めてスパイ養成機関にドン引いた。

その学園に一年以上浸《つ》かっているカリンは、特に驚くこともなく、通信記録を読み進めているが。

「この部長も演技が上手ね。かなり出し渋ってる。……高官に化けた電子支援科も脅迫めいた取引して、C文書を引き出そうとしてるけど」

「脅迫て。まあ驚かなくなってきたけども」

「……記録によれば取引は成立したみたい。よし。C文書の受け渡し場所も書いてある。これさえわかれば、こっちが出し抜いて奪うことだって——」

そうして、通信記録を最後まで読み進めようとした途端のことだった。

液晶に砂嵐のようなノイズが一瞬走ったかと思えば。

次の瞬間、画面の色彩が反転した。

真っ黒になった液晶。開いてもいない資料が勝手に表示されてはすぐに消え、不安を煽《あお》るように、チカチカと画面で明滅を繰り返す。

「な、なに、これ」

唖然《あぜん》としたカリンが慌ててキーを叩く。

「操作を受け付けない……なんで⁉」

「……端末奪取《ハッキング》か」

エドガーが呟くと、答え合わせをするように、画面が再び変化する。

ぬるりと滲《にじ》み出るようにして、液晶の中央に浮かび上がる文字。

ミタナ、と。

ミタナ　ミタナ　ミタナミタナミタナミタナミタナミタナ

それは、情報端末を乗っ取った者のこれ以上ない意思表示だった。

「ひっ……ひゃぁぁぁっ」

可愛《かわい》らしい悲鳴を上げて、カリンが画面から仰《の》け反った。

両腕で顔を覆い、体を縮こませる様は、まるで落雷を前にした小動物のようである。

何事かと周囲のシスターの注目が集まる。エドガーはにこりと聖母のように笑ってみせて、表情だけで問題ないように伝えた。

小声でカリンに耳打ちする。

「……落ち着いて。ただのハッキングだよ」

「それでどう落ち着けっていうのよぉ⁉」

威勢よく言い返すカリンの両目には、涙の粒が溜《た》まっていた。

ぱちくりと瞬《また》きをしたエドガーは一言。

「怖いのか？」

「こっ、こここ怖いわけないよ⁉」

目は口ほどにモノを言う。何なら口調が二年前に戻っていた。

この様子だと、恐怖のあまりにエドガーの胸元に体を寄せていることすら、気づいていないかもしれない。

「大丈夫だよ。ただのおどかし、子供だましだ」

「そ、そうだよねっ。こ、こんなに光ったり暗くなったりしてるのだって、こわく、怖くなんて……。う、うぅぅっ。これだから機械は嫌なんだっ。何もしてないのに勝手に壊れるんだからーっ」

「壊れたわけじゃないけどな？」

機械音痴は治ったわけではなかったようだ。

エドガーは横目で情報端末を見やる。画面上の砂嵐は収まる気配がない。

たかがハッキングとは言ったが、このまま放置もできまい。

エドガーがキーを叩く。まるで楽器でも調律するように、不調な箇所を探すように操作してしばらくすると、画面上のノイズが掻《か》き消えていった。

まだ涙目のカリンが、恐る恐る画面を覗《のぞ》き込む。

「……な、直ったの？」

「だから壊れては……まあ、一時的にな」

とはいえ、エドガーの予想が正しければ、まだ終わりではないはずだ。

その証拠に、再び——文字が形作られようとしていた。

ひっ、と怯《おび》えるカリンを横に、エドガーは文字を打鍵する。

『はじめまして。君は電子支援科のエリート、シャロン・マリフォードかな？』

『……一言で当てられると、立つ瀬がありませんね』

返答は同じく、画面上に文字として浮かび上がった。

カリンが驚愕《きょうがく》したように口を丸くする。

「シャロン……？　エリートの？」

「仮にも電子支援科の情報端末。相応の情報防壁があるはずだ。突破しようとすれば専門の技術が要る。しかもこんな短時間に端末を乗っ取れる相手とくれば、神様と讃《たた》えられるエリート様を疑ってしかるべきさ」

『少しは頭が回るようですね』

小馬鹿にするような返事が、再び液晶に浮かび上がった。

ふむ、とエドガーは周囲に目線を巡らせる。

今のは声に出してのやりとりだ。それに返事があったということは。

「君の目は、思った以上に遠くまで見渡せるんだな。俺たちが潜入したこともとっくに気づいてたわけだ」

『まさか気づかれていないとでも？　期待の新人男スパイは、よほどおめでたい頭の造りをしているのですね』

液晶の水面《みなも》が三度、揺らぐ。

次に描かれるのは文字ではなく、人の輪郭だった。

黒い頭巾に群青《ぐんじょう》色の髪をまとめた——少女の姿である。

表情は微笑《ほほえ》みを形作ったまま、まるで絵画のように微動だにしないが。

「本人、てわけでもないか。画面越しだって言うのに、静止画の対面じゃ味気ないな。君の素顔は見せてくれないのか？」

『賊に、ましてや男に晒《さら》す顔はありません。仮想姿《アバター》で相手をするだけ寛容と思いなさい』

「手厳しいね」

カリン然《しか》り、どうにも男スパイに対する風当たりが強い学園である。

その嫌悪《けんお》の奥底に眠る感情が何であるか、察しがつく今となっては、中々に複雑な心境のエドガーであったが。

『さあ、人の城に土足で踏み込んだのです。手土産を持って帰れるとお思いで？』

「なに、土産なんて、C文書の取引場所っていう情報で十分さ」

『――〝それ〟をお渡しするわけがないでしょう』

画面上のシャロンを覆うように、砂嵐が巻き起こる。

「制御権を奪い返したのか。でも生憎《あいにく》と、情報はもう俺の頭の中だよ。この場にいない君に手出しができるのか？」

『ええ、わたくしに許される行為など、ごくわずかです』

文字が液晶の上で躍る。

静止画に過ぎない少女の顔が、酷薄に笑ったような気がした。

『たとえば、その端末を動かした痕跡を利用し、あなたがたの名前で帝国軍の関係各所に電子攻撃《クラッキング》を仕掛けるなど――その程度のことですよ？』

「……なるほど」

エドガーは妙手に感心して唸《うな》った。

「情報局相手ならまだしも、試験に関係のない軍への電子的な攻撃……露見すれば処罰は必至。普通に逮捕されるだろうな。うまい手を考えたもんだ」

「なんで呑気《のんき》に褒めてるのよ⁉」

カリンが顔を真っ青にして、エドガーの顔と端末の画面を交互に見比べる。

「ど、どうにかならないの⁉」

「さて、端末の制御権を取り返そうとしてるけど、どうにも手強《てごわ》そうだ」

『当然でしょう。わたくしは、先生……いえ、師に認められている。多少は腕が立つようですが、師以外に、わたくしが負けることはありえませんもの』

——先生。

懐《なつ》かしい呼び名である。もっともその名は〈蜃気楼《しんきろう》〉のものであり、エドガー・フランクが応えるわけにはいかない。

「万事休す、か。で、ここまで追い詰めて、どう出る気なんだ？」

『理解が早くて結構。——交渉といきましょう。変装科は今回の定期試験から手を引くこと。その条件が呑《の》めるのであれば、軍への攻撃は中止いたします』

「誰がそんなこと……っ」

カリンが悔しそうに言い返すも、両手の拳は握ったままで震えるだけだ。

条件を呑めば、事実上の脱落となる。受け入れられるわけがない。

唯一助かる道があるとすれば、それは。

「諦めるのが早いな。手はある。シャロン本人を押さえればいいのさ。通信範囲の限界を考慮しても、学園のどこかにはいるだろうからな」

「……無理だよ」

エドガーの言葉に、カリンの首が力なく横に振られる。

「シャロンは表に絶対姿を見せない。学園の誰も、教官ですら会ったことがないの。正体が摑《つか》めないから対策もできない。あらゆる情報を集める不可視のエリート……神格化までされたのも、それが理由なんだから」

『ふふ、そう大層な人間ではないのですけど』

シャロンの謙遜が文字通りでないことは明らかだ。

勝利を確信している。事実、電子的な課報戦《ちょうほう》という得意の領域に持ち込まれた時点で、変装科では電子支援科に太刀打ちできるわけもない。

そう、変装科だけでは詰んでいた。

「……ああ、確かに、大したものでもないな」

『は、はあッ?』

だがこの場には、シャロンもとい、〈水宝玉《アクア》〉の存在を知る者がいる。

エドガーは同意を求めるように彼女へ問いかけた。

「神だなんて言われて雲隠れしてるのも……案外、誰とも会いたくなくて、究極に引きこもってるだけかもしれないのにな?」

その瞬間。

液晶に浮かぶシャロンの仮想姿《アバター》、文字、全てが爆発するように飛び散った。

『——qあwせdrftgyふj——』

「こ、今度こそ壊れた……？」

カリンが指先で情報端末をおっかなびっくりつつく。

画面上に羅列される意味不明な文字列。

言葉にならない反応は、画面の向こうにいる人間の動揺そのもの。

キーを叩《たた》く行為が、呼吸と同等に自然な彼女だからこその反応であると、エドガーは知っていた。

「電子支援科の領分なら、姿を現さなくても活動はできる。これ幸いと引きこもって、訓練や講義に臨んでいたら、凄腕《すごうで》なのをいいことに周りが勝手に誤解して、不可視のエリート像を作り上げた……」

『ち、ちちチちチガう』

「気づいた時には神だなんて呼ばれて、今更後に引けなくなってさあ大変。電子の神を演じるしかなくなった……なんて、ただの想像だけどな」

『わ、ワたシ、カミ。すゴい、えりート！』

「なら、仮想姿《アバター》でなく、素顔で話してみてくれ。ついでに声も聞かせて欲しいな。下々の人間の誤解を解くためだ。神様だって、たまには降臨してくれるだろ？」

『……ぐ、ぬぬぬぬ……卑怯《ひきょう》な……』

否定の声は、しかし音となって形になることはなかった。

それもそのはずだ。

いまエドガーが口にした考察は、二年前の水宝玉が抱えていた問題そのもの。

人と話そうとすれば声が上擦り、
視線を合わせようとすれば目が左右に泳ぎ、
誰かに声をかけられたら、たちまち何処《どこ》かへ逃げてしまう。

意思疎通が困難な以上、他者と共に任務に臨むなどもってのほか。

類稀《まれ》な電子的諜報の技術を持ちながらも、対人能力に難ありと、水宝玉が諜報部から『落第』の烙印《らくいん》を押されることになった原因である。

『――くだらない仮定ですね』

冷静さを取り戻した文字が、思案からエドガーを引き戻す。

『仮に。万が一、億が一、本当にありえないですけど、そうだとして……わたくしは見つけられないでしょう。大人しく引き下がれば、許しを請《こ》う機会くらい与えても――』

「ああ、君の下まで辿《たど》り着くのに時間はかかるだろうな」

『……え？』

画面上に浮かび上がる大量の〝？〟マーク。

エドガーはそれに答えるように、軽やかにキーを叩いた。

「だから悪あがきとして……君の現在地の情報を、全生徒に公開するとしようか」

『――っ⁉　うそ……これ、逆探知――……ッ』

シャロンが勘付くも時既に遅し。

彼女に掌握されていたはずの端末は、エドガーの意のままに動き、液晶に電子地図を浮かべてみせた。

学園の敷地内を正確に模した地図だ。シャロンの位置を追跡するように、次々と地図が拡大されて、範囲を狭めていく。

『わたくしの端末を、ハッキング仕返してる⁉　こんなこと、できるわけ……っ。せ、先生みたいな速度……っ、な、なんだよ、なんだよこの腕前ぇっ。チートじゃん！』

「素が出てるぞ、神様」

懐かしさに口元を緩める。

シャロン――過去の水宝玉は、電子戦の腕前こそ目を瞠《みは》るものがあれど、精神的な揺さぶりには大変弱かったのだ。

それこそ、気を逸《そ》らした隙に、形勢を逆転できるくらいには。

エドガーの指先がキーを叩く寸前にふっと止まった。

「あと一手」

『――――』

画面の向こうでシャロンが息を呑んだように思えた。

「この一押しで、君の隠れている根城の位置が、電子支援科の情報網を伝って学園中に広まる。神様の正体を一目見ようと、大勢が押しかけるだろうな」

『ふ、ふん。そいつは結構だね。そんな脅しで引き下がると思ったか？　神の座にも飽き飽きしてたんだよ。肩の荷が下りるってものだ。清々する！』

「ならよかった。じゃ早速、」

『わぁぁぁああ少しは躊躇《ちゅうちょ》しろっわかったわかりましたあたしの負けですぅぅぅ』

悲鳴のような文字が慌てたように画面に滑った。

よし、とエドガーはキーから指を離す。

「交渉成立だな。保険として、君の位置情報は俺だけが覚えておこう。お互い面倒なことにならないよう祈ってるよ」

『くっそぅ……すぐにヤサ変えてやるからなぁ……』

涙目でこちらを睨《にら》むシャロンの姿が目に浮かぶようである。

これにて任務完了。目的は果たした。

あとは去るだけなのだが、エドガーはふと思い立ってシャロンに声をかけた。

「なあ、電子の神様」

『な、なんだよ。嫌味かその呼び方。いまあたしはメンタルゲロ弱なんだ。下手な言葉かけるなよ？　敗者には優しくしろ？　泣くぞ、音割れするくらい泣くからな⁉』

「こっちに音声は届かないから、意味ないんだけどな……違うよ。いい勝負だったたって言いたかったんだ。楽しかったよ」

『……はぁ？　なん、それ。急な友情ムーブとか唐突すぎるだろ』

すっかり口調の崩れたシャロンが不審そうに訝《いぶか》しむ。

嘘《うそ》ではない。

二年前はよく訓練と称して、二人で今のような電子戦を繰り広げていたのだ。久しぶりの対決は心地よくて、懐かしさに胸が満たされたのは事実。

現在のエドガーは変装科の生徒だ。カリンの任務を成功させるためにも、定期試験という名の対抗戦において、他の科とは敵対する他ない。

電子支援科と衝突した以上、変装科を勝利に導くのは当然のこと。

だが、シャロンもまた、エドガーの大切な仲間の一人である。

もしも、次に彼女の味方をする機会があれば、その時は——。

「またよろしく頼むよ。賞賛に値するほど、いい腕だったからな」

『……知るかそんなの。変なこと言うな。ばーかばーか。お前なんて次会ったら丸裸にしてやるからな。あれだぞ、隠してるえっぐい性癖とかまで暴《あば》いてやるからな！』

「ハハ、楽しみにしてるよ」

『性癖暴かれるのが⁉　変態じゃないか⁉　くっそ覚えてろよ、この変態ーっ』

果たして。

わかりやすい捨て台詞《ぜりふ》を残して、画面上の文字は消え去っていった。

「妙な誤解を生んだ気がするな……」

「……終わったの？」

頃合いを見計らったように、カリンが静かに口を開く。

「ん、ああ。見ての通りだ。シャロンはもう手出しできないよ。電子支援科は事実上の脱落。かくして、俺たち変装科はまた一歩勝利に近づいたわけさ」

「……そう。あの一瞬で、エリート相手にそこまで……」

カリンの言葉には力がこもっていなかった。

思えば彼女は途中から傍観に回っていた。

電子戦となれば、変装科のカリンには畑違い。無理もない。

しかし生真面目なカリンのことだ。恐らくはエドガーに出番を奪われ、エリートとしての責任感から悔しさに震えているのだろう。

だからエドガーは、努めて得意げな顔をつくって、発破をかけた。

「俺も意外と役に立つだろ？　カリンお姉様のお株を奪う日も遠くはないかもな」

もっともその言葉は、エドガーという口を通して、軽薄に変化するのだが。

「な？　俺を連れてきて正解だったろ？」

「――う、うるさいっ」

それが、彼女の琴線に、無遠慮に触れた。

肺の中の空気を目一杯に吐き出すような叫び。

聖堂の空気がぴしりと固まる。シスターらが何事かと手を止めたために、静寂が耳に痛いくらい刺さった。

身を硬くするエドガーに対し、カリンは肩で荒い息を整えると、

「私は……私は、あなたなんかに頼ったりしないからっ」

それだけ言い捨てて、硬い足音を聖堂に響かせ去っていった。

たっぷりと間を置くこと数十秒。

自分がただ呆然《ぼうぜん》と、カリンの後ろ姿を見送っていたことにエドガーが気づいたのは、周りのざわめきで我に返ってからだった。

「……カリン？」

任務における最優先事項は、カリンとの信頼関係の構築。

定期試験を勝ち抜くため、彼女の傍《そば》に居続けるための立場の獲得こそが急務である。

絶縁されるような台詞を突きつけられることなど、あっていいはずもなく。

エドガーの目に焼きつく、カリンが去り際《ぎわ》に見せた表情。

見間違えでなければ、彼女は両目に涙を溜《た》め、悲痛そうな顔をしていた。

「…………き、嫌われた？」

泣き言のような問いに、返答はなかった。

四章　Ｃ文書　－Classified Report－

むすぅ。

今のカリンの顔を表現する言葉があるとすれば、それだ。

場所は変装科の学棟内の一室。

以前に作戦会議にも利用された講堂である。

室内は非常に慌ただしい。多くの変装科生徒が講堂を駆け回り、手持ちの業務を片付けようと躍起になっている。

その光景を、厳しい表情で睨むように監督するのがカリンだった。

「……むぅ」

「お姉様。ほっぺが餌を蓄えたリスのように膨らんでいますよ」

カリンの背後に控えるように立つ女子生徒が、忠言するように言った。

さながら副官のような佇《たたず》まいだが、間違いではない。

スパイ候補生における階級は、エリートかそれ以外の二者に大きく分けられる。

ただ後者の中でも、実力に応じた科内における位置付けはあり、この少女はカリンに次ぐ実力者として、彼女の支援を担当していた。

カリンが尋問科に潜入した際も、通信で援護していた副官の少女である。

「個人的には大変可愛《かわい》らしいですが、何か粗相をしたのではと、皆が怯《おび》えてしまって士気に関わります。どうか和らげてくださいませ」

「……そんな怖い顔してた？」

カリンが反省したように表情を緩めた。

言われて指で頬を撫《な》でてみれば、確かに硬かったかもしれない。

「ごめんなさい。気をつける」

「無意識でしたか。まあ、お姉様が大人びた雰囲気に反して根が子供っぽいところは、我々も周知するところです。お気になさらず」

「……え？　え、え？　嘘でしょ？」

「ご安心を。そういった部分も含めて慕われていますよ」

「な、何も安心できる要素がないんだけど」

「上位者でありながら隙があって可愛らしいと評判ですよ。……ふむ。これが尋問科のミルフィ・シュガーを取り巻く者たちの気持ちでしょうか」

「あの変なイキモノと同じ括《くく》りなの私……？」

明かされる衝撃の事実に、カリンが悩ましげに頭を抱えた。

もっとも副官の少女は慣れたもので、構わずに話を続ける。

「緊張されていますか？　定期試験もいよいよ大詰めです。さすがにC文書の取引当日ともなれば、無理もありませんが」

「……そうでもないよ。皆、よく準備してくれているもの」

講堂内が慌ただしいのには相応の理由がある。

電子支援科に潜入し、C文書の決定的な手がかりを入手して早数日。

最高機密として設定されるC文書は、電子支援科の策略により、外部へ取引と称して持ち出される手筈《てはず》となっていた。

カリンら変装科は、この取引現場に先回りし、C文書を奪取する。

強襲任務である。

相応の規模となる作戦だ。変装科は決行に際し、任務を支援するための作戦本部を設置することとなった。

生徒らが今まさに奔走するのも、本部の設営準備のためである。

「取引予定の現場はどう？」

「状況変わらず。今のところ不審な動きもないようです。取引決行まで後およそ一時間といったところですが、中央情報局《ターゲット》の部長も未《いま》だ現れてはいませんね」

カリンの問いに、副官の少女は耳元に挿す通信機に手をやりながら答えた。

通信先の生徒は現在、別の場所で、取引予定の現場を監視している。逐一、状況を作戦本部に知らせる役割だ。

「了解。引き続き、警戒を続けるよう伝えて。見落とさないようにね」

「この時刻の大食堂は人通りも少ないですから、異変があればすぐにわかりますよ」

しかし、と。

副官は疑問を抱くように首を傾《かし》げた。

「重要機密の受け渡しに指定した場所が、まさか〈クリプトス〉の学園食堂とは。電子支援科の連中の考えることはわかりませんね」

「目立つ場所を嫌ったってところかな。学園内であれば動きやすいし。下手に学外の街中とかを指定されなくて助かったよ」

「それは、まあ」

副官の少女は歯切れ悪く頷《うなず》く。

「何か気がかりでもあるの？」

「いえ、せっかく定期試験の雌雄を決する舞台が、学園の大食堂だなんて盛り上がりに欠けるな、と。そこそこ広いとはいえ食堂ですよ？　どうせなら街で派手にカーチェイスなどしたかったです」

「……スパイが目立ってどうするの」

途端にカリンの目がじっとりと湿り気を帯びる。

スパイたる者、嘘《うそ》を身にまとい、闇に忍ぶべし。

スパイの在り方に一家言ある彼女としては、見過ごせない発言である。

「冗談ですとも。目が怖いですよお姉様。……半分くらいは本気でしたが」

「まったく。大食堂は完全な中立地帯。学園でも珍しい戦闘行為が禁止された区域なんだから。他の科の横槍《よこやり》が入る可能性だって低いし、むしろ理想的な立地でしょ」

「でしたら、どうしてそんなに硬い顔をされているので？」

反撃、と言わんばかりに、副官の少女が悪戯《いたずら》っぽく笑った。

話題が冒頭に戻った形である。

「こういった規模の大きな作戦は慣れているでしょうに。今は……まるで、居て欲しい誰かがいなくて不安のように見えますが？」

「……なんの話かな」

「エドガー・フランクの話ですけど」

「うぐ」

手加減のない言葉の剛速球を身に受けて、カリンが苦しげに呻《うめ》いた。

恨みがましく視線を向ければ、副官の少女はこともなげに眼鏡のツルを指でくいと持ち上げた。

「わかりますよ。少し前までは邪険にしながらも、なんだかんだ言って行動を共にしていたのに。ここ数日は一切お側《そば》に寄せ付けませんもの」

ほら、と。

副官の少女が目線を動かし、カリンもつられて見やれば。

講堂の入り口。扉の陰からこっそりと、顔だけ覗《のぞ》かせ、カリンらを窺《うかが》う人影があった。

心なしか、普段より覇気のないエドガーである。

「ああしていると、捨てられた子犬のように見えなくもありませんね」

「そ、そうね……って、いやいやただの不審者でしょ！」

同意しかけた反動もあり、思わずカリンが睨《にら》みつけると、エドガーは衝撃を受けたようにふらつき、弱々しい足取りで去っていった。

なんとも哀愁漂う背中。その姿が完全に見えなくなってから――。

「……あぁぁぁ……またやっちゃった……」

まるで後悔するように、頭を抱えるカリンの姿があった。

「睨むつもりなんてなかったのに……っ」

「お姉様……」

変装科の頂点。エリートたるカリンの苦悩を目の当《ま》たりにして、副官の少女は痛ましいものを見るように、湿り気の帯びた眼差《まなざ》しを向けた。

「お姉様って、チョロいですよね」

「ちょ、チョロ⁉」

「ああ失礼。正確には、ご自身の中での男性へのハードルが高い分、それを少しでも超えてきた者に対してはガードが緩くなりますよね」

「なんでさらに抉《えぐ》ってきたの⁉」

身内の裏切りに愕然《がくぜん》とするカリンをよそに、副官の少女は、やれやれと首を左右に振った。

「いえ、構いませんよ。お姉様に信頼できる人間が増えたのは喜ばしいこと。確かに、エドガー・フランクはいけ好かない人物です。軽薄で馴《な》れ馴れしく自信家で、茶目っ気と配慮のなさを勘違いしているような、どうしようもない男ですが――」

「そ、そう……」

かな、と。

ああ見えて、軽口を叩《たた》きながら、意外とこちらを気遣っている節があるし。

お喋《しゃべ》りだけど、思ったより聞き上手だし。

そこまで言わなくても——と、無意識に口にしかけたカリンは、ハッと我に返ると、頭《かぶり》を勢いよく振った。

「——そう！　その通り。あれはクズ男！……は、言い過ぎたけど……」

「最後まで言い切れないお姉様、大変お可愛らしいです。いい子ですねぇ」

「うっ、うううるさいよっ」

「ともあれ、人格は置くにしても、能力だけを見れば信用の置ける人物でもあります」

副官の言葉に、静かに瞠目《どうもく》するカリン。

男を排除することで一本にまとまった変装科だ。

長たるカリンが率先して受け入れたとはいえ、こうして内部から、エドガーを評価する声が上がるとは思わなかった。

「定期試験も佳境を迎えます。お姉様も仰《おっしゃ》っていたではありませんか。戦力として使える者を遊ばせておく余裕はない、と。お側に戻すなら、今なのでは？」

「……わかっている」

忸怩《じくじ》たる気持ちを吐き出すように、ふぅ、とカリンは長く息を吐く。

わざわざ副官の彼女に言わせてしまった後悔も然《さ》ることながら。

これ以上、苛立《いらだ》ちから目を逸《そ》らすこともできそうになかった。


──俺を連れてきて正解だっただろ？──


電子支援科の居城での一幕。

エドガーとシャロン。二人の電子戦を眺めることしかできず、ただ慌てふためくことしかできなかったカリンに、エドガーが不敵に笑いかけてきた時。

普段のカリンならば、憎まれ口の一つでも叩いて然《しか》るべきなのに。

彼女の胸を真っ先に衝《つ》いた感情は、悔恨でも、憤慨でもなかった。

よかった、と。

エドガーの言葉通りに、カリンは、安堵《あんど》してしまった。

変装科のエリートであり、スパイ候補生らの頂点に立ち続けるべき自分が。

エルダー・エリートに上り詰めた果てに、〈蜃気楼《しんきろう》〉が死した事件の真相を暴《あば》く──そのために、強く在らねばならないのに。

彼がいてくれたら、きっと……この先の定期試験だって、勝ち抜けるはずだと。

そう、ほっと一息を吐《つ》きそうになって——次の瞬間、身が燃えるような焦燥感が胸を包み込んだのを覚えている。

思わず感情任せに言葉を吐き、エドガーのもとから逃げるように去ったくらいに。

エドガーという存在に、安心感を覚えてしまった自分が……許せない。

許せなくて、苛立つのだ。

こんなにも弱くて、彼にだって当たり散らしてしまう私が——。

「……このままじゃ、ダメだ」

迷いを残した状態で勝ち抜けるほど、定期試験は甘くないのだから。

カリンは意を決し、講堂の外へ通じる扉に目を向ける。

私は——己の弱さに、向き合うべきだ。

■

多くの変装科生徒がC文書作戦に奔走する現在。

作戦本部に人が集まった結果、学棟内には多くの空き部屋が生まれていた。

彼は一人、電気も点《つ》けない薄暗い部屋で、壁に背を預けていた。

エドガーである。

「……以上が現在の状況だ」

そう、エドガーは耳に挿した通信先のリズへ告げる。

二人の使用する通信回線は、エドガーが構築した独自のもの。

シャロン率いる電子支援科にも傍受される心配のない強固な回線であり、こうして定時連絡を行う際にも役立っている。

『変装科の作戦は最終段階。合格も射程圏内、問題は何もない、と』

「ああ」

『……エドガー君ってさ、そういう類の嘘は下手だよねぇ』

何を言われているのか理解ができない。

そうポーズを取れれば楽だったが、生憎《あいにく》と今のエドガーには思い当たる節があり、その心当たりを隠せるほど、リズとの付き合いは浅くなかった。

仕方なさそうに苦笑するリズの顔が容易に想像できる。

『話してくれないと、あたしもサポートのし甲斐《がい》がないんだけどなー?』

「下手、だったか」

『あの子たちが絡《から》むとね。あたしが君の上官を何年やってるって話でもあるし。まあ？　あたしにはバレてもいい、って思われてるなら、上官冥利《みょうり》に尽きるけどさ』

だから話してごらん。

そう優しい声色で囁《ささや》かれ、エドガーは心の錠を開くことを決める。

短くはないエドガーのスパイ歴における最大の障害。

そう、それは。

「……カリンに、嫌われたかもしれない……！」

『――……え、それだけ？』

「大問題だ！」

エドガーが拳を握って力説すると、通信先のリズが唇を引きつらせた。

『ほ、本気で言ってるね……。琥珀《アンバー》ちゃんと喧嘩《けんか》でもしたってこと？　仮にも伝説のスパイが、女の子の機嫌一つ取れないとかどうなの……？』

「まだしも国家の危機を救う方が楽だよ」

『ええ……』

上官に心の底から引かれるも事実である。

カリンの不機嫌な理由がわからない。

これが、任務における最大の障害の名だ。

『前々から風当たりは強かったんでしょ？　男スパイ死すべき慈悲はない、って。今更じゃないの？』

「以前とは拒絶の仕方が異なるんだ。恐らくは、先日の電子支援科におけるやり取りがきっかけだ。私の発言が彼女の心を傷つけてしまったのだろうが……」

『ふぅん。心当たりはあるんだ？』

「……元々、私が潜入にあたって用意した、エドガー・フランクという人格は、人によっては不快感を与えるリスクがあった」

己のことでありながら、まるで他人事《ひとごと》のように。

中の人たる〈蜃気楼〉はエドガー・フランクという仮面を語る。

「社交性、積極性が高く、外向的。高い自己肯定感に裏付けされた振る舞いは、人の懐《ふところ》に入りやすく、味方を作るのに適している。反面、距離のある人間には、軽薄、八方美人といった印象を抱かれやすく、反感を買いやすい」

総じて、エドガーという人間は。

「――チャラい。カリンのような子とは、本来相性は悪いはずだ」

『ああ、そういうキャラだったんだ。生意気だもんねー。幅広く情報収集するなら、妥当な性格だとは思うけどさ』

あたしは嫌いじゃないよ、とリズは個人的な評価を口にしつつ、

『でもキャラ付けが原因じゃないと思うけどなあ。エドガー君じゃない〝君〟……〈蜃気楼〉だって、割と迂闊《うかつ》な発言が多かったし』

「何だと……？」

『本気で気づいてないあたり根が深そうで嫌だなあ……』

リズが疲れたようにため息を吐いた。反応からして事実らしい。

エドガーは泡を食ったように慌てふためく。

「だ、だが琥珀は〈蜃気楼〉のことを慕っていなかったか⁉」

『そりゃあ琥珀ちゃんの瞳には、乙女フィルターがあるもの。憧れの人を前にすれば、どんな欠点だって綺麗《きれい》に沪過《ろか》してくれる高性能なやつ』

「初耳なんだが……」

そんな機能が人類に実装されているとは。

『初耳ねえ？　どうせわかってたんじゃないのー？』

「……何がだ」

『琥珀ちゃんが異性として君のことを慕ってたって』

「グッ」

まるで毒でも盛られたような呻《うめ》きだった。

うわあ、とリズが後ずさったような声を漏らす。

『知ってて日頃からあんな風に接してたんだ……引くなあ……』

「ま、待て、誤解がある！」

『そう？　傍《はた》から見てると、距離感、盛大に間違えてるとしか思えなかったよ？　あんなにキラキラした目を向けられて、普段は全然つれないのに、そのくせ琥珀ちゃんが弱った時は甲斐甲斐しくお世話してあげて……』

愛弟子《まなでし》との思い出を挙げられているだけなのに。

何故《なぜ》かエドガーは、妻に不貞の証拠を突きつけられる夫のように、崖際《がけぎわ》に追い詰められている気がした。

『そんなことされたら、ねぇ？　あの年頃の、それも元々は男嫌いの子なんて、あっという間に男の価値観ぐちゃぐちゃになるでしょ』

「……否定は、できないが……」

『琥珀ちゃんが不憫《ふびん》でならないよ。あんなに二人でご褒美《ほうび》プレイしてたのに』

何も間違っていないのに、ひどく不純な響きに聞こえて困る。

『罪作りなことしてるよねぇ。しかも君、琥珀ちゃんの気持ちを、あの子が成長するために利用《つか》してたでしょ』

「……それに関して弁明はない。あれが最善手だった」

少女が抱く、初めての慕情。

その輪郭を正確に理解し、把握した上で、〈蜃気楼〉は利用した。

「彼女の自我を育み、自己肯定感を高める。そのためなら兄や父でも、師や異性でも、心を寄せられる存在であれば、何にでもなったからな」

『もちろん、そこに異論はないよ。だから最後まで責任を取るんなら、お姉ちゃんは言うことなかったんだけど』

責任。幅広い意味を持つ言葉だが、文脈からすれば、どのような未来を指しているかは一目瞭然だった。

理解した上で、エドガーはゆるりと首を横に振る。

「あの子が〈蜃気楼〉に向ける感情は、憧憬を主体とした父性……庇護者《ひご》に向ける期待感に近い。愛情としては、目覚めたばかりの雛鳥《ひなどり》が親鳥に抱くようなものだ」

『でも愛には違いないでしょ？』

「急に深いことを言わないでくれ」

思わず真顔になったエドガーは、努めて、脱力するように息を吐く。

「私はスパイだ。特定の個人と関係を築くわけがないだろう」

『ウチは職場恋愛禁止じゃないよ?』

「それを言うなら、もう辞職した身だ、私は。……後悔はあるさ。せめて琥珀がいい相手を見つけられるまでは、仲間《かぞく》として支えるつもりだったんだがな」

『うん。そういうところなんじゃないかな。この女の敵め。一回くらい刺された方がいいと思うよ』

「平坦《へいたん》な声で言わないでくれ……」

大変に心臓に悪い。一度死した身からすれば実に笑えない。

だがリズも本気ではなかったのか、ふふ、と童女のように喉を鳴らす。

『それくらい気をつけて、ってこと。でもまあ、きちんと話してくれたし、エドガー君には仲直りのアドバイスをあげましょう』

「期待しないで聞こうか」

『――男と女だからとれる手段、あるよね?』

エドガーの眉根が怪訝《けげん》にひそめられる。

少女にしか見えない上司が、時折見せる、嘘《うそ》の外套《がいとう》を羽織るスパイとしての気配を漂わせていた。

『琥珀ちゃん……カリンちゃんの男のツボを理解する君なら、そういう風に接すれば、簡単に骨抜きにできるでしょ。彼女の信頼を勝ち取って、エルダー・エリートまでの道を支える――その目的を達する意味でも、一番の近道と言える手段』

「おい、それは」

『ハニートラップ』

　こと人間の関係性を強固にする上で、情欲は切っても切り離せない。

　俗に言う色仕掛《いろじか》けである。

『君だって、今まで任務で何度もやってきたよね』

「……リズがそんな提案をするとはな」

『我ながら人でなしだと思うよ？　あんな純真な子の気持ちを利用するわけだし』

　でもさ、と続けるリズは、普段の快活さを潜めさせて言った。

『あたしたちはスパイ。スパイは皆、嘘つきだもの。時には、大切な人の気持ちを踏みにじることだってある――そうでしょ、〈蜃気楼《しんきろう》〉？』

「……」

　リズの物言いが本気であるか測りかね、しばしの逡巡《しゅんじゅん》の後、エドガーは口を開こうとして——すぐに閉じた。

無言でリズとの通信を切る。別れの一声をかける暇すら惜しみ、背後へ振り返った。

「エドガー君」

「……カリン？」

足音に気づき通信を切って正解だった。

そこには、物憂《ものう》げな顔をしたカリンが立っている。

——図らずも、リズの提案を実現させる機会が巡ってこようとしていた。

■

「——なーんて、ね。君はそんなことしないってわかってるよ」

「でも、いつか痛い目を見ないように、ちゃんと周りのケアはしておくんだよ？　君ってば、天然《ナチュラル》にハニトラまがいのことするんだから」

「……エドガー君？　なんで無言なの？　もしかして、怒った？　ご、ごめん、無神経だった。あの、冗談だよ？　冗談だからね⁉」

「……通信切れてる……だ、大丈夫かなぁ」

■

「エドガー君、話があるの」

薄暗い室内にまだ目が慣れず、ぼんやりとした人型の輪郭が見える。

エドガー・フランク。変装科の編入生にして気鋭の新人。

少女がここ数日、身勝手な感情から遠ざけてしまっていた少年だ。

「……君から声をかけてくれるなんて驚いたな」

エドガーが肩をすくめる。表情は暗くてまだ確認できない。

少女は後悔を滲《にじ》ませるように顔を歪《ゆが》めた。

「ごめん。ずっと避けてたのに、急にこんな……。怒ってる？」

「いいさ。俺の方こそ、気に障《さわ》るようなことを言ってしまった。またこうして話せるだけで嬉《うれ》しいよ」

「……よかった。本当は私も、ずっと話をしたかったから」

少女の口元が安堵《あんど》の形に緩まる。

「それで、話って？　もうすぐ作戦開始の時間だろ。助太刀の要請って言うなら喜んで馳《は》せ参じるよ。移動しながら聞こうか」

「ううん。そうじゃない。そんなことより、もっと大事な話」

エドガーが部屋の外へ向かって歩きだそうとする。

その腕を、少女は咄嗟《とっさ》に摑《つか》んで引き留めていた。

「ご、ごめんなさい」

「……どうした？」

男に触れるなど、平時の少女からしたら考えられない。

だからだろう。エドガーが心配するように彼女の顔を覗《のぞ》き込もうとする。

「ずっと、伝えたかったことがあるの」

それを遮るように、少女はたどたどしく言葉を紡《つむ》いだ。

「ここ数日、エドガー君を避けてしまった理由。嫌いになったわけじゃない。むしろ、その逆で……」

いつの間にか、胸元に祈るような形で握っていた両手をほどく。

慣れない行為に緊張するように、指先は震えていた。

「私、本当は怖いの。この先、変装科を背負っていけるか、自信がない。でも、あなたがいてくれたら……」

不器用な手つきで、見る者からすれば焦《じ》らすようにゆっくりと……襟元をはだけてみせた。

年相応の膨らみが、白い肌を眩《まぶ》しく押し上げる。

その輝きを引き立てるような漆黒の下着が、エドガーの目を灼《や》いた。

「あなたが傍《そば》にいてくれたら、私は、頑張れる気がするの」

弱さに震えるように冷え切った身体《からだ》を晒《さら》した意味。

人肌恋しく、相手を求める眼差《まなざ》しで、少女はエドガーを見上げる。

「だから……っ」

「それ以上言わなくてもいい」

少女の耳元で紡がれる甘言。

ぁ、と嬌声《きょうせい》とも呼べない小さな呻きを漏らして、少女が静かに目を瞑《つぶ》った。

「エドガー君……」

「そのまま。よく聞いて」

まるで少女を溶かし、甘い蜜がしたたる罠《わな》にでもかけるように。

抵抗をやめた少女の耳元に唇を寄せ、エドガーはいっそ蠱惑《こわく》的に囁《ささや》いた。

「――尋問科にしては中々の変装だけど、展開が単調だな。それじゃあ、本物のカリンの良さは微塵《みじん》も引き出せないよ」

そう、エドガーに呼びかけられた少女は、涙に潤んだ瞳をぱちくりと瞬《まばた》かせた。

唇が柔らかく歪み、にんまりとした形をつくる。

そこにいる少女は――カリンらしくない、人好きのする笑みを浮かべていた。

■

「――対象を確認。周囲に不審な人物なし」

報告は手早く簡潔に。

耳元に装着した通信機を介し、仲間に現状を伝えたカリンは、食堂の中をゆっくりと歩いていた。

昼間は多くのスパイ候補生で賑《にぎ》わう食堂も、ピーク時を抜けしばらく経《た》った現在は、まばらにしか生徒の人影はない。

カリンの口にした〝対象〟は、そんな食堂内でも端っこのテーブル席で、気配を消すように座っていた。

周囲をチラチラと忙《せわ》しなく見回す、毛髪やや薄めの中年の男だ。

　教官ら大人も利用する食堂とはいえ、学び舎《や》においては目立つ姿だった。

「中央情報局の部長——彼一人だよ。そっちの人員の配置は完了した？」

『滞りなく。食堂の出入り口は封鎖済みです。怪しい動きをする生徒が現れたら足止めできるよう、最低限の武装も整えさせました』

「くれぐれも発砲は控えてね。非戦闘区域の食堂で騒ぎを起こせば、最悪停学になりかねないもの。減点だって免《まぬが》れない」

『承知していますが……本当にお一人でよろしいので？』

「実際の任務なら、要人との接触は最小限に留《とど》めるのがセオリー。どこに試験監督の目があるかわからない以上、本番と同じ想定の方がいいでしょ」

『いえ、そうではなく』

　通信の相手は副官の少女だ。付き合いも長い。

　だからカリンは、彼女が咎《とが》めるような声色を発していると気づいた。

『エドガー・フランクが未《いま》だ戻っていません。彼が来るのを待ってからでも、作戦の開始は決して遅くありませんよ』

「遅いよ。出遅れて取引自体が流れても困る。対象は既にこの場に現れているんだから。いない人のことを言っても仕方ない」

反論の余地を挟ませないよう、カリンは一息で言い返した。

変装科の命運を決する一大作戦だというのに、開始直前になっても、エドガーは姿を現さなかった。

面白くない気持ちがない、と言えば嘘《うそ》になる。

あれだけ私に付きまとっていたのに、とか。

協力するとか言ってたのに、とか。

——勝手に遠ざけた身でなんと偉そうなことか。

我ながら実に面倒くさい。

そう思うのだが、ふつふつと湧き上がる感情を止められないのも事実。自然と唇が尖《とが》りそうになるのを、止める手立てがないのだ。

なにより——自らの弱さと向き合うべきだと、覚悟を決めたくせに。

エドガーの姿が見当たらないだけで、足下がぐらつくような不安に苛《さいな》まれる自分を、彼女はこれ以上許容できそうになかった。

だからカリンは、弱さを振り切って、後ろへ置き去りにするように進む。

「接触を開始する。——通信、切るよ」

返答を待たずに通信を切断して、カリンは目的のテーブルへと近づく。

対象の中年は見るからに身を硬くし、手元の注文した食事に一切手をつけず、落ち着かない様子で食器《フォーク》を手で弄んでいた。

中央情報局の部長職。現場を駆け回るスパイとは違い、机の上で暗躍する者とはいえ、警戒する素振りが丸わかりなのは如何《いかが》なものか。

現に、カリンが隣の席に座って初めて、男は存在に気づき目を瞠《みは》る始末だった。

「──食事は口に合わない？」

「っ。誰だ……。評議会の連中はどうした。何故《なぜ》来ない！」

「質問しているのは私だよ」

カリンは座った姿勢を崩さないまま、懐《ふところ》より拳銃を取り出し、その銃口を中年の脇腹に突きつけた。

保険も忘れない。強引に逃げられた場合に備え、相手の死角から手を伸ばし、シャツの裾に発信器も貼り付けておく。

一国の諜報《ちょうほう》機関の重役相手に、銃口を突きつけての対話、もとい脅迫。

平時であれば即刻首を切られる案件だが、此度《こたび》の定期試験は、C文書を中央情報局より奪取することが目的だ。

敵国より機密を奪取する任務の予行演習──一種のロールプレイである。

つまり、今のカリンの役どころは、中央情報局の敵対者なのだ。

振る舞いもそれらしくしなければ、脂汗を垂らして迫真の演技をする部長に対し、失礼というものだろう。

「まあ味なんてどうでもいいか。C文書はもってきてくれた？」

「ま、待て。君は……。見覚えがあるぞ。我が国のスパイ養成機関……〈クリプトス〉のスパイ候補生だ。それもエリートだろう⁉ こんな場所を指定された時点で、妙だとは思っていたが……君のような将来を約束された優等生が、何故国に弓を引く！」

「……必要に駆られて、でしょうか」

カリンは辟易《へきえき》して眉根を寄せた。

どうやらカリンは、エリートという普段の立場そのままに、国に楯突《たてつ》いて機密を盗もうとする賊のような立ち位置らしい。

部長様が演技派なのはいいが、台本の打ち合わせもなしに、人を設定の枠に押し込まないでもらいたいと、カリンは頭を抱えたくなった。

咄嗟に敬語へ切り替えたことを褒めて欲しいくらいである。

「評議会の指示か？　今からでも手を引け！　まだ間に合う。なんなら私が手助けしてやってもいい。悪いようにはしない！」

「お言葉ですが、私も目的あってのこと。今更後戻りはできません」

「馬鹿者、考え直せ！　これがどれほどの厄ネタか知ってるのか！　君の手に負えるようなものではないんだ。破滅するぞ！」

「……忠告には感謝しますが、時間が惜しいので」

いい加減、面倒になってきたとも言う。

柔らかい脂肪に覆われた脇腹に、ぐっと銃口を押し込む。部長は苦悶《くもん》の声を漏らすも、なおも逡巡《しゅんじゅん》するように頭《かぶり》を振っていた。

強情だ。その膝上には、全身で包み込むようにして後生大事に抱きかかえる、鈍色《にびいろ》のアタッシェケースがある。中身が恐らく目的の代物だろう。

もういっそ、強引に奪ってしまおうか。

天啓にも等しい脳筋な発想。ここ数日、悩みのせいで寝不足だったことも災いした。

よし、やろう。

大丈夫。ここまでくれば合格したようなものだし。

そんな決意の下、カリンはアタッシェケースに手を伸ばそうとする。

――寸前、彼女の〝勘〟が、危機を告げた。

「っ、伏せてッ」

叫ぶや否《いな》や、男を押し倒して、カリンは床に倒れ込んだ。

巻き込まれて床に落ちる食器群。割れて、甲高く響く耳障《みみざわ》りな不協和音。

それらをまとめて吹き飛ばすように、轟音《ごうおん》が彼方《かなた》より飛来した。

「……っ、今のは」

反射的に瞑っていた目を開き、身を起こさないまま、周囲を警戒する。異変はすぐに見つかった。

テーブルの上に、陽《ひ》の光を差し込ませる窓。その硝子《ガラス》の板に、蜘蛛《くも》の巣状にヒビが広がり、中心に何かが通り抜けたような穴が生まれていた。

目線を下に移す。

タイルの床を砕き、削り取るようにして抉《えぐ》られた弾痕。

銃撃戦を常とするスパイ候補生ですら、見慣れない銃撃の痕跡。

血の気が引き、カリンの顔が真っ青になる。

「……うそ」

狙撃。

それも——非殺傷用の弾丸では到底生みだせない、高い殺傷性を誇る実弾が、床にめり込んでいた。

■

変装は、見た目を真似《まね》るだけでは不十分だ。

大雑把に区分して、人は外面と内面と、二つの側面を持つ。

どれだけ外見を完璧に取り繕おうと、中身が伴わなければ、その変装は対象の半分までしか再現できないのである。

「うぅーん、結構自信あったんですけどねぇ」

少女は、見た目こそカリンのままながら、振る舞いはまるで別人のようだった。

「もういいのか？」

「ま、バレてしまっては仕方がないのです」

とうっ、と勇ましいかけ声と共に、少女が物理的な変装を解けば、当然ながらカリンの面影は残っていなかった。

腰まで垂れる黒髪《ウィッグ》が頭頂部から滑り落ちる。

代わりに現れたのは、色も長さも異なる、桃色の髪だ。

美しさと可愛《かわい》らしさが同居した顔立ちは、変装用の仮面を外せば、可愛さに全フリした愛嬌《あいきょう》たっぷりの笑顔に早変わり。

姿は前に一度見かけているが、対面でこうして話すのは初めてである。

尋問科のエリート、ミルフィは悩ましげに唸《うな》りながら、エドガーと相まみえた第一声を口にした。

「カリンちゃんって、結構着痩せするんですよね。くぅ、やっぱりあと一枚、いやさ二枚は胸を盛るべきでしたかっ。わたしがちっぱいなばかりにっ」

「こらやめなさい、はしたないから」

実に真剣そうに。

己の胸を両手で揉《も》むミルフィは、心の底から悔しそうな顔をしていた。

「むむ、信じてないですね？　変装科の大浴場に忍び込んで、直接触って確認したわたしが言うんだから間違いないのです」

「なにをやってるんだスパイの卵……」

「現実感《リアリティ》は大切ですとも。お洒落《しゃれ》は細部から、カワイイの道も一歩から！　です。まあブチギレカリンちゃんに、一晩中追いかけられましたけどね！」

「嬉《うれ》しそうに話すような思い出なのか……？」

いい笑顔で語られる後日談に、エドガーはやや引き気味に苦笑を浮かべた。

――君は本当に変わらないな。

識別名《コードネーム》〈虚飾を許さない瑠璃《ラピスラズリ》〉。

〈蜃気楼《しんきろう》〉が瑠璃《ラピス》と呼んでいた少女は、場所状況問わず常にこんな調子で、我が道を突き進む少女であった。

小隊に属していた頃と変わらず、ころころと変わる表情は見ていてまるで飽きない。

悩んでいたかと思えば笑い、怒っていたかと思えばあっけらかんと笑う。

色彩豊かな感情を使い分けて、存分に自分を表現する少女。

あまり表情に変化のない〈蜃気楼〉は、もっと笑ってください、とよく彼女にせがまれたものだ。

「その思い出話はまた今度聞かせてくれるか？　こっちも時間がなくてな」

「むふふ。こんな時も気にかけてもらえるカリンちゃんは、幸せ者ですねぇ」

「そのカリンに化けたってことは、彼女がここに来ないと確信してる……変装科の作戦を知ってるんだろ。俺をこの場に留《とど》めるのは、時間稼ぎってところか？」

「惜しいっ。半分正解です」

ミルフィの指先が上機嫌に鳴らされた。綺麗《きれい》に鳴るものである。

だが、半分とな。定期試験の大詰め。C文書の奪取作戦の直前に接触してきたのだ。時間稼ぎだけが目的でないとすれば――。

「勧誘ですよ」

ミルフィはあっさりと目的を白状した。

「尋問科は他の科と同盟を結びました。試験の鍵となるC文書の行方は、既に同盟の皆さんに共有されています。変装科に万に一つも勝ち目はありません。いわゆる詰みですね、はい」

「……それは困るな。俺たちがせっかく苦労して手に入れたのに」

同盟。

シャロンか、とエドガーはC文書の情報を流した犯人に目星をつけた。

電子支援科は無力化した。彼女らが他の科と協力する線は薄いと考えていたのだが。

「どうせ沈む舟なら、さっさと離れてしまいましょーよ」

「俺に尋問科へ寝返れって？」

「編入生のエドガーさんには馴染《なじ》みないかもですが、学園には転科っていう仕組みもあるんですよ。今なら……なんとっ。オプションで、ミルフィちゃん親衛隊の優先加入権までつく好待遇っぷり！　これはお得ですよぉ」

「親衛隊とかあるのか君」

スパイの交渉とは思えない押し売り文句である。

「エドガーさんはうまく隠しているつもりかもですけどぉ……同盟を組んだエリートはみぃんな、あなたの優秀さには気づいてますよ？　戦闘科に匹敵する射撃技術に、シャロンさんを打ち負かす電子諜報《ちょうほう》の腕前……優良物件とはこのことです！」

「ありがとう、世辞でも嬉しいよ」

大げさだと肩をすくめてみるも、ミルフィの笑顔に変化はない。

思い返せば――瑠璃と呼んでいた頃から、この子には嘘《うそ》の類が通じにくかった。

だからこそ、尋問科という情報を引き出す者たちの頂点に立てたのだろうが。

「今回の定期試験、必勝を期したい理由がありまして。確実な勝利のためなら、あなたという不確定要素を取り除くことも厭《いと》わないのですよ」

「光栄だな。……でも、嘘はよくない」

エドガーがそう言うと、ミルフィは不思議そうに小首を傾《かし》げる。

意図が通じていませんよ、と伝えるような可愛らしい微笑《ほほえ》み。

だが、〈蜃気楼〉として彼女を知るエドガーには、ほんの些細《ささい》な変化が見てとれた。

――彼女は今、僅かに表情を強《こわ》ばらせた。

「同盟ってのが妙な話だ」

エドガーが端《はな》から、他科同士が協力する可能性を排除していた理由。

「定期試験の勝者は一つの科だけ。最初に合格した者が点を独占できる。そういう仕組みだろ？　最後に仲間割れが確約されてる同盟なんて、組むに値しないはずだ」

実際は、裏切り上等で組む可能性もあるにはあるが。

ミルフィの口ぶりからはどうも別の可能性が匂わされている。

「たとえば、定期試験の合格以外に、共通の目的でもあるなら話は別だけどな」

「――そこから先は、ミルフィちゃんを本命に選んでもらった人の耳よりお得情報、ということで」

否定はされなかった。

代わりに、そよ風にでも押されたように、ミルフィが軽やかな足取りでエドガーの胸元へ駆け寄ってきた。

敵意は見えない。だから接近を許したのだが。

「ところでですね、ミルフィちゃんは男の人の視線に敏感なのです」

頬を胸板に擦《こす》り付けながら、エドガーを見上げるミルフィ。

悪戯《いたずら》っぽく目尻を下げ、己への視線をからかうように笑う。

他者から自分がどのように見えているのかを理解し、そしてその魅力の見せ方を熟知している者が浮かべる表情だった。

「首筋、頬、胸元に腰……。一番強い注目は太ももでしょうか。ふふ、やぁーらしぃ。わたしも自慢の脚なので鼻高々ですよ？」

いつの間にかエドガーは壁際《かべぎわ》まで追い詰められていた。

彼の退路を塞ぐように、股の間にミルフィの足が差し込まれる。そのまま彼女の膝が持ち上げられ、スカートから覗《のぞ》く真っ白な脚が眩《まぶ》しく晒《さら》された。

その行為が意味するところは明白である。

「さっきので懲りたと思ったんだけどな」

「ミルフィちゃんは諦めが悪いのです。わかっていても抗《あらが》えない、抗いたくない……これが、本当のハニートラップですよ？」

誘うような言葉に導かれ、宝石のように輝く丸い瞳に吸い込まれそうになる。

十中八九、まず間違いなく罠《わな》である。

エドガーという戦力を削《そ》ぎ、変装科の作戦を確実に頓挫させるための罠だ。カリンの身にも、今頃は危機が迫っているに違いない。

なのに――身体《からだ》は言うことを聞かず、口の開いた罠へとふらふら寄っていく。

ダメだとわかっていても、手が伸びてしまう禁断の果実。目の前の果実を欲望のままに味わえと、本能に訴えかける堕落の誘い。

それがハニートラップ。ああ、まったくもって。

「同感だ」

エドガーは大いに同意し、両手でミルフィの頬を挟み込んだ。

頬が柔らかく潰れて、ひょ、と少女の唇がタコのように形を変える。

エドガーがまったくもって己の魅力に囚《とら》われていないと察して、

「な、なぁんへぇ《なんで》⁉」

「ああ、君は可愛い。男だったら目を奪われずにはいられないほどに。可憐《かれん》で、愛くるしくて――家族を見るみたいに微笑ましいよ」

「まさかの妹枠です⁉」

愕然《がくぜん》と衝撃を受けたミルフィが、エドガーによる両手の拘束から抜け出す。

首から耳までみるみる赤く染まる顔。

先ほどまでの色欲に上気した表情ではなく、自らの魅力が通じなかったことによる羞恥に染まった微笑ましい顔色だった。

「わ、わたしに誘われて顔色一つ変えないとか、まるで先輩……っ。いえ、でも、去年だって〈クリプトス〉の容姿人気投票《ミスコン》一位取ったのに……っ。胸ですか。やっぱり胸なんですかこんちくしょーっ。ちっぱいのなぁにが悪いんですかぁっ」

「そう言われてもな」

エドガーにとって小隊の皆は仲間《かぞく》だ。そういう対象ではない。

もちろん、可愛いと思う。美人だとも思う。

異性としてこの上なく好ましい子たちだと、心の底から頷《うなず》ける。

だが、それはそれとして——エドガーはスパイなのだ。

自らの感情一つ律することができず、どうしてスパイを務められようか。

「転科は遠慮しておくよ。今はカリンお姉様を支えないといけないからな」

「くっ、またカリンちゃんに負けるとは……っ」

ミルフィが悔しそうに呻《うめ》いた。

分が悪いと判断したのか、エドガーから離れようとする。その足先に、エドガーは足を伸ばして彼女を引っかけると、腕を摑《つか》んで引き寄せた。

彼女と位置を入れ替えるようにして、くるりと踊るように半回転。

ミルフィは壁を背にする形となり、へ、と何が起こったか理解できずに呆《ほう》ける。

その顔の横に、エドガーは腕を突きだすと、壁に掌《てのひら》を押し当てた。

「さて、次は俺の番だな」

「な、ななななんです⁉　わたしに興味ないんでしょう⁉　い、いまミルフィちゃんに触れたらあれですよ、罰金！　天罰も下ります！　これは大変なことですよぉっ」

「なら、触れない方向性でいこうか」

攻めるに強し、迫られるに弱し。

先ほどまでの余裕は何処《どこ》へ行ったのか、慌てふためくミルフィの耳元に、エドガーはそっと唇を寄せた。

「――知っていることを話してもらう」

「ひゃぁっ」

少女が嬌声《きょうせい》を漏らした。

思わず口を衝《つ》いた大声だったようで、慌てて両手で口を塞ぐミルフィ。

一言かけただけの反応にしては大げさだ。だが何も不思議なことはないと、エドガーは解説するようにこんこんと語る。

「誘惑の基本は、相手にその先を想像させること。肉体的な接触も有効だけど、想像力を煽《あお》るやり方は他にもある。たとえば、こうやって話しかける〝声〟とかな」

「こ、声……っ？」

「話し方一つで印象って変わるだろ？　人の声ってさ、耳にするだけでも無意識に影響を受けるんだよ。無意識ってところが肝心だ。どれだけ身構えてようと……声が届く限り君は影響され続ける」

「さ、囁《ささや》くの、やめっ」

「強弱、抑揚、周波数。誰もが、綺麗《きれい》だ、癒やされるな、って感じる音がある。それと同じさ。特定の反応を引き出す声だよ。技術として極めれば、こうやって囁くだけで……君の期待をどこまでも煽ることだってできる」

「あっ、はひ……っ」

「ハニートラップは、抗いたくないと思わせてこそ――だったよな」

ミルフィの吐息は既に甘い。

否定することなど、叶《かな》うはずもなく。

他ならぬミルフィに色仕掛け《いろじか》けの手管を仕込んだのが〈蜃気楼《しんきろう》〉である。

――自分にできないことを弟子に教える師はいないだろう。

「っ、ぁ、だ、だめっ……」

一際《ひときわ》、少女が甲高く鳴き、衝撃に備えるように身を硬くする。

寸前に、エドガーはすっと身を引いた。

荒く息を呑《の》んだミルフィが、信じられないものを見るように瞬《また》きする。

「えぁ、な、なん、で」

「ん？　どうした？」

「っ〜〜〜〜〜お、お預けはひどくないですかぁ⁉」

ミルフィが目尻に涙を浮かべて、キッとエドガーを睨《にら》みつけた。

もじもじと内腿《うちもも》をすり合わせている。

エドガーはにっこりと笑いかけた。

「同盟を組んでいる相手は？」

「……へ？」

「今頃は、カリンのところに別動隊が向かってる頃かな。助けにいくなら、手土産の一つでも欲しいところだ。敵の作戦、配置、総戦力……。詳しく教えてもらえるか？」

「ま、まさか……。ぁ、ひゃぁああっ」

意図を察したミルフィの耳元に、息を吹きかける。

釜で煮たように真っ赤な顔をした少女が、蒸気のごとき熱い吐息を漏らした。

意思表示はこれ以上なく。

すなわち——続きをして欲しくば、情報を囀《さえず》れ。

「し、知ってます。これ、寸前までじらされて、どうせ全部情報吐かされるのに、結局最後までしてもらえないやつ――！」

「理解が早くて何よりだ。……さあ、手早くいこうか」

エドガーは再度、ミルフィの耳に唇を寄せる。

はひ、と少女の可愛《かわい》らしい悲鳴が、暗い密室に小さく響いた。

■

狙撃手に狙われている。

そう気づけば迂闊《うかつ》に頭も上げられない。床に這《は》いつくばるカリンは、周囲の状況を把握しようと、膝を立てて中腰になる。

すると、床に黒い影が生まれた。視界が暗くなる。

つまり――背後に誰かいる。

「っ」

ほぼ反射的に、振り向きざまに拳銃を構えると、手に鈍い衝撃が走った。

鈍色《にびいろ》の刃が銃身と鍔迫《つばぜ》り合いをし、耳障《みみざわ》りな金属音を奏《かな》でる。

図らずも凶刃《きょうじん》から身を守ったカリンは、襲撃者を睨みつけた。

「ノ、イ、ナ……！」

「ご機嫌斜めね、カリンちゃん？」

返答は嘲笑《あざわら》うような挨拶と、振るわれたナイフだった。

腕ごと銃を弾《はじ》かれる。すぐさま眼前に構え直すも、予想に反し追撃はない。

銃口の先では、灰色を帯びた銀髪の少女が、戦闘用《コンバット》ナイフを指先で器用に弄んでいた。

「中立地帯で仕掛けてくるなんて、どういうつもり！」

「あなたは闘争に礼儀を求める人？　一度放たれた銃弾が、準備できていないからちょっと待ってー、って言ってお行儀良く止まると思うの？」

「相変わらず話が通じないな……！」

カリンは怒りを堪《こら》えるよう歯噛《はが》みする。

佇《たたず》まいはスパイというより軍人のよう。制服は機動性重視に改造され、太腿に巻かれたナイフホルスターをはじめ、隠すことなく武器を携行している。

戦闘科――数ある科の中でも、唯一、相手に姿を晒して戦うことを前提にした、白兵戦の専門家であるスパイ集団。

その頂点、エリートに君臨する少女こそ、このノイナである。

さらに言えば、武力介入を是とする戦闘科の中でも、特に派手に戦うことを好むノイナと——スパイたる者闇に忍ぶべしと、隠密《おんみつ》に行動することを良しとするカリンは、相性最悪、顔を合わせれば常に銃と刃を向け合う仲だった。

「それよりいいの？　私に構ってる間に、大事なお客様が逃げちゃうわよ？」

ノイナに視線で促されれば、隣にいたはずの男が、大食堂の出口に向かって走りだしていた。

「っ——待って、待ちなさい！」

咄嗟《とっさ》に追いかけようと身じろいだ直後。

鋭い着弾音と共に、カリンの足下すぐ横の床が抉《えぐ》られた。

狙撃だ。四肢が凍り付く。逃げていく男を見送るしかなくなる程、牽制《けんせい》としてはあまりに有効的だった。

「ちょっと、間違って私に当てないでよ、ミア？」

顔を青くするカリンの傍《かたわ》らで、ノイナが不満そうに窓の外を見やった。

その行為を目《ま》の当たりにして、狙撃された衝撃以上に、カリンの血の気が引く。ノイナの耳には通信機が装着されていた。

通信している相手が、今し方の狙撃の主だとすれば。

ミア。その名前と合致する狙撃手の生徒を、カリンは一人だけ知っていた。

「ミア・ナイトリー……狙撃科のエリート？　手を組んだの⁉」

「本当はあんな電波女と一緒なんてごめんだけど、今回の命令《オーダー》は絶対。どうしてもC文書を手に入れたい心配性な依頼主の意向なのよ」

「依頼主……？」

科同士が同盟を組む異常事態も然《さ》ることながら、妙な言葉に困惑するカリン。

しかし動揺は一瞬。遠くから聞こえてくる銃声と、戦闘の気配を確認して、通信機で副官少女に応答を求める。

結果は、雑音混じりの無反応。

食堂の出入り口を封鎖したはずの仲間たち。恐らくは戦闘科か、あるいは手を組んだ別の科の襲撃を受けているらしい。

「――ここまで派手に規則を破って、無事で済むと思ってるの」

「この状況で、規則ぅ？　あなたこそわかってる？」

警戒するカリンをノイナは嘲笑う。

その手に握るナイフをひらひらと見せびらかしながら、

「これは訓練じゃない――実戦よ」

予備動作なしで床を蹴ると、カリンに向けて銀閃《ぎんせん》を走らせた。

カリンの武装は拳銃一丁。銃身を盾にして、受け止めるしか選択肢がなかった。

「ッ。そのナイフ……ッ」

耳障りな音を立てて、銃の塗装が削られていく。ようやく気が付いた。

スパイ養成機関〈クリプトス〉における武器の使用は、非殺傷に限り許可される。

――だが、刃引きされたナイフで、こうも容易《たやす》く塗装が剝がせるものか。

「このっ、不良生徒！」

「手入れはしてあるから安心して。綺麗に切り裂いてあげるッ！」

童心に返ったような楽しげな笑い声と共に、何度も振るわれる鈍色の刃。

下手に動けば狙撃の餌食《えじき》だ。必然、カリンは動きを制限される。

先読みに等しい勘を頼りにして、間一髪の間合いでナイフを避《よ》け続ける。だがそう何度も神がかりは続かない。

刃が肩を掠《かす》めた途端、熱した鉄でも押し当てられたような痛みが襲った。

切り裂かれた制服の布地。切り口から滲《にじ》むように広がる赤色。

――本物だ。本物の、ナイフだ。

そう理解した途端、全身の血液が凍り付いたように悪寒《おかん》が走る。

恐怖に支配される――そのことを何より恐れたカリンは、足が竦《すく》む前に、弾かれたようにノイナへ接近した。

彼女の腰元に目がけて、突進するように腕を伸ばす。攻撃が目的ではない動作の奇妙さに、相手が対応を迷った隙を突き、その装備を奪い取った。

手榴弾《しゅりゅうだん》。つい先日、身をもって味わった厄介な代物。

突っ込んだ勢いで床に倒れ込むと、手榴弾の安全ピンを抜き、ノイナの足下へ放り投げた。

瞬間、二人を包み込むようにして広がる——大量の煙幕。

「っ……！」

「あはっ、逃げるの？ いいわよ、どこまでも追いかけてあげるから！」

ノイナが己を見失う。直前に目に焼き付けた食堂の構造を頼りに、カリンは煙にまみれその場を離れた。

果たして逃げ込んだ先は——大食堂の配膳を一手に賄う厨房《ちゅうぼう》。

騒ぎのせいか食堂の人員は誰もいない。食料庫と思《おぼ》しき筐体《きょうたい》に背を預けると、カリンはずるずるとその場に座り込んだ。

「っ、は、はっ……っ、収まれ、収まってっ……」

息が整わない。

心臓は別の生き物になったように、意思に反して早鐘を打ち続ける。

手足の震えが全身に伝播《でんぱ》する。ただ座っていることすら困難となり、カリンはたまらず力を失って横に倒れた。

——まずい。こんな時に。

「は、は、は……っ、おもい、だすな、だすなぁ……っ」

脳裏に呼び起こされるのは鮮烈な恐怖だった。

銀閃。何度も空を切る鈍色の刃。

ナイフを振るうことに歓喜する強者の顔。

何より、目に焼きついて一向に離れないあの色。

——凝縮した真っ赤な殺意の〝色〟が、たまらなく恐ろしい。

「か、はっ」

息が、できない。

酸素を求めるように喉が藻掻《もが》くも、思うように息が吸えず、それが更なる焦燥を生んで身体《からだ》の自由を奪っていく。

苦しい。

苦しい。辛《つら》い。怖い。

助けて。

誰か、お願い。誰か、誰か、誰か。

――助けて。

「……隊長ぉ……っ」

恐怖に溺れかけた中で、呼んだ名前はもうこの世にいない人。

それでも、呼ぶだけでほんの少し、蝋燭《ろうそく》の残り火のような暖かさが胸に宿って、カリンは足掻《あが》くように虚空《こくう》へ手を伸ばした。

届かないと理解していて、なお。本能のような行為だった。

手は何を掴《つか》むこともなく、当然のように宙を掴み――。


「すまない。遅くなった」


――幻覚を、見た。

何も掴めないはずの手は、逆に誰かに固く握りしめられる。掌《てのひら》から伝わる確かな温度に呆《ほう》けるも、力強く腕を引き寄せられ、暖かな感触に頭を包み込まれた。

隊長が、私を、抱きしめてくれている。

ゆっくりと背中を撫《な》でて、落ち着かせてくれている。

そんな妄想がふっと湧いて、ああ、夢だな、とカリンはぼんやりと思う。

酸欠の末に、脳が都合良くつくりあげた夢。砂糖を溶かしたホットミルクのように優しくて甘い一時の幻。

だが、夢なら夢で、それでいい。

会える機会があるのなら、夢でも構わない。

だからどうか消えないで。そう切に願いながら、カリンはずっと、一年前よりずっと秘めていた気持ちを吐露した。

「……隊長……どうして、いなくなっちゃったの……？」

胸元に顔を擦りつける。

今このときだけは、甘えることを許して欲しかった。

「私、がんばったんだよ。帝国の、スパイなんて、怖いけど。隊長のこと、知るためにがんばったよ」

……——自分がスパイに向いていないことなど、とうに理解している。

誰かと意見を戦わせることは嫌いだし、銃を握って実際に戦うなど、許されることなら頭を抱えてずっと震えていたいほど怖い。

潜入任務なんて、できっこなかった。
でも、それじゃ、だめだから。
隊長のことを知るためには、そんな弱いままの自分じゃ、いられなかったから。
「……私、ね。エリートに、なったんだよ……」
琥珀《アンバー》は、カリンという少女を嘘《うそ》で作り上げ、変装しようと決めたのだ。
隊長のように、不測の事態が起きても、冷静に対処できる子。
隊長みたいに、任務と訓練をどんどんこなして、皆から尊敬されるような子。
隊長と――並んで立っても、隣で見劣りしないような、理想の自分を作り上げた。
「まだ、全然だけど……ちょっとは、強くなったよ……」
無様に床に転がり、幻覚を見ている身で言えた話ではないけれど。
それでも、がんばったのだ。
「ご褒美《ほうび》なんて、もう、言わないから」
すがりつくように、カリンは相手の腰に腕を回して、抱きしめ返す。
そうすると、視界いっぱいに彼の〝色〟が広がる。
懐《なつ》かしい色彩が、カリンの心を落ち着かせてくれる。
脳裏に焼きついた殺意の赤色は、綺麗《きれい》さっぱり消え去っていた。

「一回だけ……一回だけで、いいから」

零《こぼ》れる涙を止めるのも忘れて、カリンは精一杯の願いを口にする。

ただ一言でいい。

「私のこと……褒めて、くれる？」

「――ああ。よくがんばったな。さすがは俺の自慢の相棒だ」

賞賛に値するよ。

その言葉を聞いたカリンは安堵《あんど》する。ゆっくりと眠るように目を閉じた。

まどろむような心地よさの中で、一つ、自分への理解を深める。

〈蜃気楼《しんきろう》〉の死の究明。その志に嘘はなく、カリンの骨子であることは間違いない。

でも、きっとがんばれたのは、それだけが理由じゃなくて。

――私はただ、こうしてもう一度、彼に褒めてほしかったんだ。

■

まるで背中を丸めて眠る猫のようだ。

半ば意識が落ちているのか、安らかな顔で寝息を立てるカリン。

彼女を胸に抱きながら、エドガーはその背を撫でていた。

「……落ち着いてくれたか」

半ば過呼吸の域にまで荒れていた呼吸も、今は穏やかなものだ。

――敵意や害意、悪感情に対する過剰な感応性。

本人が〝勘〟と称するその特異な体質故、引き起こされるある種の感覚暴走。

〈蜃気楼〉が傍《そば》にいた頃から度々見られた症状である。この状態に陥る度に、〈蜃気楼〉はこうして彼女の背を撫で、落ち着かせてきた。

無力なものだ、とエドガーは静かに自嘲する。

今ほど、己の正体を明かしたいと切望した瞬間もなかった。

〈蜃気楼〉は生きている。

君の求める師は、本当は、すぐ傍にいるのだと。

そう言って安心させることは、しかしエドガーには叶《かな》わない。

二年前の真相――〈蜃気楼〉を陥《おとし》いれた裏切り者を見つけるまでは、彼女らを守るためにも、正体を明かすことはできないのだから。

――隊長……どうして、いなくなっちゃったの……？

たとえこの身が、狂おしいほどに、真実を口にしたいと願っても。

忘れてはならない。自戒せねばならない。

少年にだけは、その資格はないのだ。

「本当に……よくがんばっているよ」

「……………………あり、がと」

小さな感謝が胸元から返ってきた。

抱きしめていたカリンが、もぞもぞと身動《みじろ》ぎをして、腕の中から抜けだす。

目元を泣き腫らしているためか、普段より弱々しく幼い雰囲気だった。

「お目覚めかな、カリンお姉様」

「……茶化さないでよ。お礼が、言いにくくなるでしょ……」

思いも寄らない言葉にエドガーは目を丸くする。

カリンが恥ずかしそうに頬を赤らめるも、視線は逸《そ》らさなかった。

「落ち着かせてくれて、ありがとう。……で、でも、言っとくけど、そんなに似てないからね？　あんなに朦朧《もうろう》としていなきゃ、隊長とエドガー君を間違えるわけもないっていうか……！」

「つまりそこそこ似てると。……ふむ。惚《ほ》れるなよ？」

「う、自惚《うぬぼ》れるなこのチャラ男ーっ。違うから！　ちょっとだけ！　〝色〟がねっ？　色が似てるだけだからーっ」

「わかったわかった。まずはこの状況を先に脱しようか」

顔を真っ赤にしたカリンに胸ぐらを摑まれ、上下に揺さぶられるエドガーだったが……耳を澄ませれば、こちらへと近づく靴音が聞こえるのだ。

「──カリンちゃーん？　あーそびぃーましょー？」

まるで友人の家に赴き、遊びに誘う童女のように。

大食堂の厨房《ちゅうぼう》だけあって広い室内に、灰色の追跡者が足を踏み入れた。

「っ、ノイナ……」

「戦闘科のエリートか。スパイというより狩人《かりゅうど》だな。獲物が逃げ込む先くらいお見通しってわけか」

身の丈を超す食料庫の裏に隠れる二人は、まだノイナに見つかっていない。

しかしノイナの足取りは確実に、エドガーたちの方向へ向かっていた。

隠れてやり過ごせると考えるのは楽観だろう。迎撃しようと身を乗り出したエドガーだったが、その肩をカリンが摑んだ。

「待って。外には狙撃科が控えてる。しかも規則違反の実弾まで使ってるの。ノイナの武装も同じ。彼女は正真正銘のエリート。銃を抜く必要すらないって、ナイフ一本で軍隊だって制圧できる近接格闘の専門家で……！」

「大丈夫だよ」

安請け合いのような返答だが、言葉の響きに力強さを覚えたのか、カリンは反論せずに眉をひそめた。

今までのような怪訝《けげん》そうな表情ではなく、どこかエドガーを心配するように。

杞憂《きゆう》を吹き飛ばすように、エドガーは不敵に笑って応える。

「タイミングはカリンに任せる。信じてくれるか？」

——少しでも信じようって思ったなら、心のままに信じてくれないか？

以前に、エドガーとカリンの間で結ばれた交渉。

その条件をなぞるように言ってみれば、カリンが意図を察したように、目を瞠《みは》る。

ややあって……こくり、と。

彼女の顎が小さく、しかし確かに上下した。

■

思えば、ずっと。

自分《カリン》は必死に目を逸らしていたのだろう。

「あら……カリンの騎士様《ナイト》じゃない」

「こうして話すのは初めてだな」

厨房では、自ら姿を晒《さら》したエドガーと、ノイナが対峙《たいじ》している。

二人の様子を、カリンは物陰に身を潜めて窺《うかが》っていた。

「ミルフィは失敗したのね。自信満々だったくせに袖にされるなら世話ないわ」

「今頃は床と仲良くしているよ。君たちの企ても頓挫しつつあるわけだ。俺としては、手間のかからない投降をおすすめするけどな」

「冗談。――こっんなに楽しいこと、やめられるわけないでしょッ？」

ノイナが床を蹴り、エドガーに迫る。

片や刃渡りの大きい戦闘用ナイフ《コンバット》。片や、丸腰の無手。

武装の差は歴然で、刃の持ち主が戦闘科のエリート、白兵戦に特化した武闘派スパイだと考えれば、激突の結果は火を見るよりも明らかだ。

だというのに、そこでは、攻防が生まれていた。

ノイナが笑いながらナイフを手に攻め、エドガーが紙一重のところで回避する。

そんな光景が二手三手と続けば、目の錯覚を疑うことも早々に諦めがつく。

……本当に。

なんて、無茶苦茶なスパイだろう。

踊るように戦うエドガーの背を見つめながら、カリンは嘆息し、その中に呆《あき》れ以外の感情――頼もしさが混じっていることを、ハッキリと自覚した。

その背中が、いったい何処《どこ》の誰と重なるのかも、既に理解している。

「……だから信じるよ」

戦う二人に向けて、カリンは銃口を構える。

めまぐるしく動き回るエドガーとカリン。狙ったところで、味方へ誤射しない保証などどこにもない。

それでも、カリンは引き金を絞ることを躊躇《ためら》わなかった。

「ッ！」

消音器によって減音された銃声。ましてや背後からの射撃。

だというのに、エドガーは不意に膝を落とし、その場に屈《かが》んでみせた。

まるで背中に目でもついていなければ、到底起こしようのない神がかった回避。

あるいは、それは偶然でも何でもなく。

――カリンが如何《いか》なる瞬間に撃ちたくなるか、その心情を完璧に理解していれば、起こし得る絶技だったのかもしれない。

「……ハ？」

　直前までエドガーの身体《からだ》で隠れていた射線。

　完全な死角から放たれた不可視の弾丸に、ノイナは己の胸元を撃ち抜かれた。

　ゆっくりと自分の胸を見下ろし——起動した麻酔薬の霧に包まれ、膝の力が抜けたように崩れ落ちる。

　ふぅ、とエドガーが一仕事終えたように、額の汗を拭った。

「紙一重だった」

「それは私の台詞《せりふ》。よく合図もなしにあんなこと……」

「信じてたからな」

　エドガーに屈託のない笑みを向けられ、カリンは思わずそっぽを向いた。

　自分でも理由のわからないまま、知らずのうちに口調が早くなる。

「ま、まだ安心するには早いでしょ。外には狙撃手だって待機している。戦闘科と狙撃科が組んでるなら、大食堂一帯が包囲されてる可能性だって……」

「ああ、それならもう片付けたよ」

「…………え」

カリンは目を丸くした。

いま、この男はなんと言った？

「親切にも敵の配置を教えてくれた人がいてな。ここに来る途中で、対処できる分はしてきたし、それ以外も教官たちへ連絡を入れてある。規則違反があったと聞けば、大人もさすがに動くらしい。今頃は叱られてる頃じゃないか？」

「……あ、あなたって本当に……」

自分が陥った危機を、行きがけの駄賃に解決してくる傍若無人ぶり。

そんな振る舞いに懐《なつ》かしさすら感じてしまい、カリンは頭を抱える。

ああ、もう。

こんなだから、変な錯覚をしてしまうんだ。

見た目も、性格だって、何一つ似つかないのに。

無理が通れば道理が引っ込む、と言わんばかりの無茶を平然と行い、でも本人は至って真面目で平常運転なところなんて、特にそう。

敬愛してやまない想《おも》い出の中の隊長に、ごめんなさい、とカリンは心中で謝罪する。

でもちょっとだけ——隊長みたいだなって、思っちゃいました。

「逃げた部長、探さないとな。どこへ行ったのやら」

「……ふふっ」

いっそ呑気《のんき》なエドガーの発言に、カリンは思わず噴き出してしまう。

常にない彼女の仕草からか、目をぱちくりと瞬《まばた》かせるエドガー。

図らずも彼の意表を突けたことに、多少の優越感を覚えながら、カリンは自分でも驚くほど穏やかな気持ちで問いかけた。

「……手伝って、くれる？」

五章　真贋《しんがん》 - Phantom or Mirage -

大食堂決戦。

後にスパイ候補生らの間でそう語られる戦いから、明けて翌日。

決戦、と称することを大袈裟《おおげさ》と言うなかれ。

常日頃から科同士で争い、銃片手にスパイの卵が駆け回る学園においても、小競《こぜ》り合いの一つとして片付けるには、迎えた結末が異様だったのだ。

それこそ、定期試験の行方に多大な影響を与えるくらいには。

規則違反者、多数。

名目は、殺傷性のある武器、装備の使用。および、戦闘禁止区域における戦闘行為である。

戦闘科と狙撃科には、減点をはじめ、一部の生徒は定期試験への参加権剝奪など重いペナルティが科せられ、代表であるエリートには謹慎処分まで告げられた。

協力関係にあった尋問科、電子支援科も同様であり、さらには殺傷性の武装を融通したことが判明した、装備開発科にも同罪であると厳しい沙汰が下る。

七つの科の内、実に五科にも及ぶ勢力が徒党を組んで、変装科を出し抜こうと画策、そして失敗した形だ。

唯一、名の挙がらなかった潜入科は健在だが、五科と同盟を組んでいなかった以上、C文書の行方には関知しない立場であると言えた。

定期試験——各科の対抗戦は、もやは変装科の独走状態である。

とはいえ。

「肝心のC文書がなければ、合格も何もないんだよな」

エドガーのぼやきは、誰に拾われることもなく、都会の雑踏に消えていく。

都会。

それも、帝国の中でも首都に位置づけられる大都会である。

多くの人が行き来する街道の傍《かたわ》らは、休日の昼間に相応《ふさわ》しく賑《にぎ》わっており、C文書なる意味深な単語を口にしても誰も気に留めない。

もっとも、エドガーは独り言を口にしたつもりはないのだが。

「むぅ……反応が弱い……」

エドガーの隣を歩くカリンは、気難しい顔でぶつぶつと呟《つぶや》いており、エドガーの言葉など耳に届いてないようだった。

寂しい。今度は聞こえるように、エドガーはカリンに声をかける。

「どうだ？　部長さんは」

「……だめ。発信器の反応はこれ以上増幅できそうにない。この辺にいることまでは絞り込めたけどね」

カリンの耳元に挿される装置は、一見すると通信機だが用途の異なる代物だ。

対象に近づくにつれ、ソナーのように、音が反響する探知機。

中央情報局の部長に付けた発信器を追跡するための装置である。

「装備開発科の連中なら、もっと性能が優れたものを使えるんでしょうけど……」

「あの場面で発信器を取り付けただけで十分だろうさ」

発端は昨日の大食堂決戦。

他科の介入で、C文書を持つ部長を取り逃がしたものの、カリンは男が逃走した場合に備えて、彼の服に発信器を仕込んでいたらしい。

素晴らしきはカリンの執念である。

「おかげで足取りを追えるんだ。地道に探せばいい」

「それは……そうだけど……」

当の本人は不服そうに口ごもる。一刻も早く手がかりを見つけ、この場を去りたいと言わんばかりに。

やれやれ、とエドガーはそっと肩をすくめた。

「もっと気楽にいこう。せっかくのデート、、、なんだから」

「だからでしょぉ⁉　言っとくけどっ、これはフリ！　ただのフリだからね⁉」

カリンが頬を赤く染めてまなじりをつり上げた。

道行く人々に向かって、うぅぅ、と威嚇でもするように小さく唸《うな》る。

「大体あの中年はっ、なんで逃げ込む先が首都なの！　しかも若者が特別多くて！　恋愛脳な人間で溢《あふ》れかえる甘ったるい通りを選ぶことないでしょ⁉」

「人の流れが速くて、紛れるのにうってつけだからじゃないか？」

「正論！　でも追う方の身にもなって欲しかったっ」

どこぞに隠れる部長様に恨み節を垂れ流すカリンはさておき、言葉の通り、二人の周囲は若い男女の姿が多い。

それも手をつなぎ、指を絡《から》め、腕を組む、そんな仲睦《むつ》まじい姿ばかりが目につく。

機密情報を追うべく険しい顔なんてしていたら、場違いも甚だしく周囲から浮いてしまうくらいには、ベタ甘な空間であった。

──追跡における基本は、対象に気づかれないよう、周囲と同化すること。

エドガーとカリンも、傍《はた》からすれば、そういう関係に見える程度の距離感で並んで歩いていた。

恋人たちによる逢瀬《デート》。そのフリである。

「見つけたら文句言ってやるぅ……」

「そう言うなよ。街中に潜伏しての逃亡生活なんて、秘密を知ってしまった者が取りがちな、よくある手じゃないか。部長様も大した役者だ」

「いい迷惑だよ。おかげでこんな変装する羽目になって……」

「似合ってるよ」

「そっ、そそそういう話はしてないっ」

目線を泳がせ、カリンがあらぬ方向に顔を背ける。耳の先は赤いままだ。

黒のキャスケット帽を被《かぶ》り、背に流す黒髪はコテでも巻いたのか、緩やかな波を描いている。

普段とは違って赤ぶちの眼鏡をかけており、化粧の仕方も異なるのか、顔立ちが全体的に幼く見えた。

服装も制服ではなく私服だ。氷の女王とも噂《うわさ》される人物像とは似ても似つかない、少女らしい可憐《かれん》さを前面に押し出した格好《コーデ》である。

総じて――銃や硝煙の香り、ましてや諜報《ちょうほう》の闇とは一切無縁そうな、良家のお嬢様めいた雰囲気の女の子がそこにいた。

「大丈夫。その見た目なら部長様とすれ違っても気づかれないよ。普段みたいなツンツンしてる感じもないし」

「な、なんか気になる言い方ね……」

むくれるカリンだが、変装の甲斐《かい》あって、エリートとして皆から慕われるお姉様と同一人物にはまったく見えない。

変装科の面目躍如。愛弟子《まなでし》の成長を感じるエドガーである。

「さて、周りに溶け込みつつ、標的を探すとしよう。そうだな、手でも繋《つな》ぐか？」

「だ……っ、誰があなたみたいな人とっ」

「ひどい言われようだ」

威勢《いせい》の良い返しは普段通り。エドガーは安堵《あんど》に口元を綻ばせる。

昨日の一件から心配していたが、すっかり調子は戻ったようだ。

「っ……いや、違っ……」

かと思いきや、カリンが一転して、複雑そうな顔で眉尻を下げた。逡巡《しゅんじゅん》するように目が泳ぐのも束《つか》の間、唇が力強くきゅっと結ばれる。

その、と少女の口を衝《つ》いた言葉は、恐らくは助走の類だった。

「……うそ」

「うん?」

「ごめん。今のは、嘘《うそ》。あなたは私が頼んだから追跡任務に同行してくれてるのに。……それに、昨日まで、避けるような態度を取ってしまって、ごめんなさい」

キャスケット帽が小さく傾き、カリンの頭が下がる。

エドガーは呆《ほう》けたように口を開けたまま、珍しく感情を偽ることなく言った。

「急にどうした」

「……言っておかないと、って思って。こうして男の人とちゃんと話すこと、今まで隊長以外とはあまりなくて。その、どうしても悪態ばかり吐《つ》いちゃうけど……エドガー君に感謝しているのは本当だから」

言葉の通り、慣れない行為のためか、カリンの顔は耳先まで赤くなっている。

それでも必死に言葉を紡《つむ》ごうとする様が、彼女の心の内を表していた。

ああ、とエドガーは回顧する。

他者に対する心の壁は高く分厚く、けれども一度でも壁を越えた者には、こちらが心配になるほど容易《たやす》く心を預けようとする。

情け深く、甘い。スパイにはまるで相応しくない精神性。

――昔から変わらないその在り方を、〈蜃気楼《しんきろう》〉は何より尊く慈《いつく》しんでいた。

「君は、いい子だな」

「んなっ」

「心配しなくても、俺たちは取引をしてるんだ。関係は対等だよ。君が謝るなら俺は自分の振る舞いを改めるし、礼を口にしてくれるなら、俺も感謝を返そう」

だから気にしなくていい。

そう言えば、カリンは瞬《またた》きの末、エドガーの意図を察したのか弾《はじ》かれたように俯《うつむ》いて、一層頬を赤らめた。

「……あぁもう、全っ然似てないのに……っ」

愚痴のような呟きが零《こぼ》れたかと思えば。

カリンは意を決したように顔を上げて、格闘戦を彷彿《ほうふつ》とさせる速度で、貫手《ぬきて》を放つようにエドガーへ手を伸ばした。

相手が彼女でなければ、反射的に迎撃しそうな程の迫真の一手。

しかしその手は急所に向かうことなく、指先で軽く、雲でもつまむように――。

ちょこんと、エドガーの服の袖を摑《つか》んだ。

「……こ、これくらいはしないと、なんでしょ……？」

頭のてっぺんから蒸気でも噴き出しそうな程、顔を真っ赤に染めながら。

カリンは自らに言い聞かせるように呟いていた。

「周りに、怪しまれちゃいけないし……し、仕方ない。そう、仕方なくだから……」

初めてのデートに、勇気を振り絞って、手を繋ごうとする。

そんな一場面に見えなくもないカリンを目《ま》の当たりにし、エドガーは気の抜けたまま返事をしてしまった。

「いや冗談のつもりだったんだけど……」

そう、まごうことなき失言である。

案の定、と言うべきか。言葉の意味を咀嚼《そしゃく》するような僅かな間を置いて、カリンはわなわなと体を震わせ始めた。目尻にはキラキラした涙の輝きが溜《た》まる。

「っ……うっ、ううう～～～～～～～」

そうして彼女はエドガーを睨《にら》むと、彼の袖から手を離し——返す刀で、今度こそ本物の貫手を放った。

〈蜃気楼〉の手解《てほど》きを受けた、変装科に似合わぬ徒手空拳がエドガーを襲う。

「こ……このっ、このぉっ！　私がどんな気持ちで……っ、なんでこんな時だけ察しが悪いのよぉっ。そんなところまで似なくていいでしょぉぉおっ」

「わ、悪い。悪かった」

猛攻を片手でしのぎつつ、ちらと周りに目を向ければ、すわ痴話喧嘩《ちわげんか》かと道行く人々の注目を集めつつあった。

急ぎ事態を収拾しなければ。エドガーはこほんと咳払《せきばら》いする。

「いや、可能なら手でも繋いだ方がいいだろうけど、カリンはほら、あまり慣れていなそうだったから、」

「だぁぁあれが未経験者だーっ！」

もはや失言は留《とど》まることを知らなかった。

――この場にリズがいれば、そーゆーところだよね、と呆《あき》れかえる程には。

烈火の如《ごと》き怒りで頰を膨らませ、カリンが口早に啖呵《たんか》を切る。

「わ、私だって、デートくらい経験あるから！」

「⁉　そうなのか？　たとえば？」

「えっ？　え、えぇと………あっ、そう！　男の人と二人で銃火器専門店《ガンショップ》に行ったことある！　私のために銃を選んでもらったの！」

「銃って。また色気の……な、い……？」

デートの行き先は要審議としつつも。

男嫌いのカリンからよもや実例が挙がるとは思わず、驚くのも束の間、エドガーはすぐに違和感から首を傾《かし》げた。

――銃を選びに専門店だと？

「大好きな人に、いつもがんばってるからって、ご褒美《ほうび》に連れてってもらったの。その時はまだ、自分の銃って持ってなかったから……。一人前になれるように、ってプレゼントしてもらったんだっ」

「へ、へぇ……」

カリンの想《おも》い出話は一向に止まる気配がない。夢見心地で語るその横顔は、まさしく恋する少女のそれ。

しかし、不思議なこともあるものだ。

エドガーの記憶にも、まったく同じ想い出がしまわれているのである。

銃を選びに、二人で銃火器専門店。

ああ、行ったとも。よく覚えている。何なら当ててみようか。

――それ、〈蜃気楼〉とのご褒美で、銃を新調した時の話では？

カリンの口は止まらない。

「でね、私のためにお店で銃のカスタムしてくれたの。私の手癖も、好みも全部知っててくれてるんだよ？　パーツを選ぶ時の顔、すっごく真剣で格好良くて……あぁ、この人のこと好きだなあ、ってドキドキしたことよく覚えてる……」

「…………」

付け加えるなら、道中はデートなどと甘い雰囲気ではなく、二人とも真剣な顔で、あーだこーだと銃をどう改造するかで盛り上がっていたはずだ。

まさか当時のカリンが、内心そんなウキウキだったとは。

しかも本人から惚気《のろけ》話を赤裸々に語られるとは、これはどんな刑罰だ。居たたまれないにも程がある。

想い出を語り終えたカリンが、腰に両手を当てて、自慢げに胸を張った。

「どう⁉　経験豊富でしょ？」

「ソウダナー」

「……？　なにその変な顔。あ、さては羨ましい？　ふふ、ごめんね。私の幸せ話ばかり聞かせちゃって」

ふふん、と鼻で笑うカリンは大変に微笑《ほほえ》ましい。

微笑ましすぎて思わず涙ぐみそうになるエドガー、もとい〈蜃気楼〉だった。

……そうか……。

……カリンの中では、あれはデート判定だったのか……。

愛《いと》おしく感じる反面、うら若き乙女の想い出としては、やや鉄錆《てつさび》臭くないだろうかと心配にもなる。

もっと暖かな想い出を経験させてあげたかった。切に思う師匠心である。

「……よし」

エドガーは決意を新たにした。

目線を周りに向ければ、お誂《あつら》え向きに周辺地図の看板を発見。素早く読み込み、お目当ての店に見当をつけると、エドガーはカリンの手を取って歩き出す。

「へっ？　ちょ、手っ、手ぇっ」

「なぁに。変装、変装」

何事かと口走るカリンを強引に連れ歩くことしばらく。

辿《たど》り着いた先は、人の流れが速い大通りに面した一軒の店。

看板に描かれるのは可愛《かわい》らしい猫の絵である。店内を覗《のぞ》いてみれば、看板に偽りなく、何匹もの猫が思い思いにくつろぐ素敵空間が広がっていた。

猫と一緒に憩いの一時を過ごせるカフェである。

そして、店内を区切る柵に張り付き、食い入るように猫たちを見つめる少女が一人。

「ね……ねこさま……ねこさまだー……」

カリンが目をキラキラと輝かせていた。

瞳から星くずを飛ばしそうなほどに興奮し、猫に釘付《くぎづ》けだった。

――ところで、カリンもとい琥珀《アンバー》は、無類の猫好きである。

琥珀曰《いわ》く。

動物は人と違って〝色〟が薄く、傍《そば》にいると自然と安心するらしい。

先日のような感覚暴走の件もあり、一時期、琥珀は療養も兼ねて動物と触れ合っていたのだが、気づけばこのように動物……特に猫を溺愛する少女になっていた。

ねこさま、と呼ぶカリンの横顔は、とろけるように緩んでいる。

だがエドガーの生暖かい視線に気づくと、ハッと我に返り、顔に赤みを残しながらも彼をジト目で睨んだ。

「こんなところに連れてきてどうするつもり？」

「昼がまだだったからな。食べていこうかと思って」

「ここで!?……だ、だめだよ」

顔を再び輝かせたカリンだが、すぐに思い直したように首を横に振る。

しかし目は期待するようにチラチラと猫を見ており、本心は一目瞭然である。

「今は追跡任務中だもの。遊んでる暇なんてないでしょ」

「歩き続けても、いたずらに体力を消費するだけだろ。ここは大通りに面してるし、テラス席なんて人を観察するのにもってこいだ。くつろぎながら部長様を探せばいい」

「だからって……」

もう一押し、といったところか。

エドガーは努めて軽薄そうに肩をすくめた。

「いや、なに。これでも俺は、変装科には色々と貢献してると思うんだよ。エリート様と一緒に昼食を、なんてご褒美を誰かくれてもいいんじゃないかな」

「ご褒美……」

エドガーの記憶する限り、カリンは昔から自信がなかった。

自己肯定感の低さは我の弱さにも繋《つな》がる。今でこそカリンという少女を通し、強気な態度で振る舞えるようになったが、それでも根底はそのままなのだろう。

だから、素直になるための理由を与えるのだ。

――〈蜃気楼〉と琥珀の間で取り決めたご褒美だって、元はと言えば、そんな経緯で始まったものである。

「どうか俺にお恵みを与えてくれないか、カリンお姉様？」

「……そ、そこまで言うなら……」

そわそわしながらも既に足は店に向かうカリン。

テラス席に通されて座れば、早速、一匹の黒猫が軽やかにカリンの膝上に乗り上がってきた。

「お、人懐《ひとなつ》っこいな」

「ふぉぉぉ……ね、ねこさま、私の膝なぞに来てもらって恐縮ですぅ……」

鼻息荒く頬を紅潮させるカリンだが、驚くなかれ、これでもまだ人目があるから抑えていると、昔の琥珀を知るエドガーは理解していた。

「遠慮するなよ。ここでは楽しんでた方がらしく見えるんだから」

「べ、別に、遠慮なんて……」

「俺たちは変装しなきゃいけないんだ。それこそ、誰が見てもカリンだと思われないように、大はしゃぎしてもいいんじゃないか？」

「……変装……？　はしゃぐことが……？」

天啓でも下ったようにカリンが目を見開く。

まん丸とした瞳に映るのは、膝上に眠る黒猫。猫様は彼女の膝を気に入ったらしく、身を丸めて、毛繕いを始めている。

「スパイたるもの、まさか妥協はしないよな？」

「……！　う、うんっ」

果たして少女は、已に歓喜することを許す。

具体的には、エリートの貫禄《かんろく》なるものを何処《どこ》かに放り投げて、えへへと締まりなく口元を緩め、全力で猫を構い始めた。

「ほ、ほわっ、ほわぁぁ……ねこさま、ねこさまぁぁぁっ。どうぞこちらへっ。私の膝でよかったらどうぞお好きに！　あ、新しいねこさまもいらっしゃって……ふ、ふつくしい毛並み……あっ、あなたも⁉　こんなにいいんです⁉」

次々と自らのもとへ集まる猫を前に、長年の夢が叶《かな》ったように、心底嬉《うれ》しそうに戯《たわむ》れるカリン。

それを眺めるエドガーもまた、積年の願いを叶えた気分だった。

捨て駒同然で敵国に送られる背景からも知れるように、小隊の少女らは、決して良好とは言えない理由で、諜報《ちょうほう》の世界に身を浸していた。

そんな彼女らだからこそ、〈蜃気楼《しんきろう》〉は仲間に迎え入れ、そしていつの日にか陽《ひ》の当たる世界に送り届けたいと常々願っていたのである。

――なら、私は次のご褒美を考えておこう。街へお出かけ、だったか？

――っ。う、うん。楽しみにしてる！


ただの自己満足だ。

この身はエドガー・フランク。〈蜃気楼〉でない以上、琥珀との約束を果たしたことにならないと理解している。

ただ、それでも。

「はぁ～～～ねこさま～～～～うぅ、はなぢでそぉ～～～～」

世界一の幸せ者のように笑うカリンを眺める。

よかった、と少年は心の底から思った。

■

さて、変装するのがカリンの仕事だとすれば。

本命を見つけるのは、エドガーの役目である。

「はぁぁ……夢のような世界だった……」

猫をもふりにもふって小一時間。

今なら陽射《ひざ》しですら反射しそうなほど、肌つやの良くなったカリンが、満足そうに頬を上気させていた。

「楽しんでもらえて何よりだ」

「へ、変装だからね？」

「わかってるとも。さすがは我らが変装科のエリート様だよ」

注釈のように付け加えられた一言に、鷹揚《おうよう》に頷《うなず》くエドガー。

カリンはやや恥ずかしそうにしながらも、きょろきょろと周囲を見回す。

そもそもの目的を思い出すように。

「でも、標的はいなかったよね。やっぱり範囲が広すぎるかな……」

「部長様ならもう見つけたよ」

「……え？」

カリンが呆《ほう》けたように声を漏らした。

「一応、彼の根城にも見当はついてる」

「……ごめん。私、見落としてた……？」

「いいや。トイレで席を立った時に、偶然な」
申し訳なさそうに身を小さくするカリンだったが、エドガーの言葉で、安心したように
ほっと息を吐いた。
――実際は、猫カフェに入る前から、エドガーは件《くだん》の部長らしき人影を見つけていたの
だが。
どうやら街を巡回するように移動していたため、通りに面した猫カフェに陣取り、トイ
レに立つフリをして、彼の後を付けて根城を確認した。
だから嘘《うそ》は言っていない。
決して、カリンの笑顔を見たいがために、後回しにしていたわけではないのだ。
さておき、根城が判明した以上、手をこまねく理由もない。
カリンを連れてエドガーが向かった先は、剝げた塗装が独特の模様をつくる、古びたビ
ジネスホテルだった。
お世辞にも綺麗《きれい》とは言えない佇《たたず》まいに、カリンがやや気圧《けお》される。
「こんなボロいところにいるの……？　相手は中央情報局の人間でしょ？」
「入室は確認してるよ。客名簿を見た限りは、偽名を使ってるみたいだったから、逃走中
の要人っぽい設定に準じたんじゃないか？」

そう言って、エドガーはカリンと共にエレベーターに乗り込む。

行き先階のボタンを迷いなく押すエドガーに、カリンが呆《あき》れたような、それでいて慣れてきたような顔でげんなりとする。

「客名簿に、偽名ね……エドガー君、トイレに行ってる間にどこまで調べたの？」

「詮索されると恥ずかしいな」

むぅ、とカリンは面白くなさそうに唸《うな》るも、話題が話題《トイレ》だからか、それ以上の追及はなかった。

やがてエレベーターが目的の階に到着する。

ややかび臭い通路を進み、突き当たりの部屋の前で止まる。

コンコン、とエドガーが二度ほど、躊躇《ちゅうちょ》なく扉を叩《たた》けば、カリンが泡を食ったように慌てふためくも、

「いきなり⁉ ま、まだ準備が！」

「――清掃の者です。お部屋の掃除に参りましたぁ」

そう低めの女声で言ったエドガーを前に、ぴくりと動きを止めた。

ややあって、扉の向こうで人が動く気配。近づく足音は力強く、音の主の不機嫌さが垣間見《かいまみ》えるようだった。

事実、扉を開けた男は、眠りを邪魔されたように険しい表情を浮かべていた。

「——さっきも断ったぞ。何度言わせれば、」

「失礼しまぁす」

エドガーはつま先を扉の隙間に差し込み、まず扉が閉じられるのを阻止。

チェーンの類がかかってないことを確認すると、驚愕《きょうがく》に目を見開く男の腕を摑《つか》みつつ、肘で扉を強引に開けて中へ侵入。

抵抗する男の腕を背中に回し、相手を壁に押しつけて、身動きを封じる。

この間およそ三秒。流れるような押し入りだった。

「相手も確認せずに扉を開けるなんてな。それでもスパイか？」

「ぐぅう……！　は、放せぇっ。お前はっ……そうか、あの時の！　くそっ、どうしてこが……ッ！」

「……うわぁ」

未《ま》だ暴れようとする男を押さえるエドガーの後ろで、カリンがドン引いた様子で、みるみる目の光を失っていく。

これの相棒とか思われたくない。表情が切実に物語っていた。

「学園の時と同じやり取りをする気はない」

　エドガーは中年の頭に銃口を押し当てた。

　装塡された弾丸は装備開発科謹製の麻酔弾。カリンに用意してもらった武装だ。

「C文書を渡してもらう。これも試験のためだ。悪く思うなよ」

「し、試験だと……？」

　男が困惑したような声を漏らす。

　聞けば部長様は演技派。機密情報を持って逃走する役に入りきる彼にとって、試験など
と現実に引き戻す台詞《せりふ》は厳禁だったかもしれない。

「そうだ……試験。試験だ。それこそ君たちは定期試験の時期だろう！　このような悪事
に荷担している場合ではない！　我が国のスパイとしての本分を思い出せ！」

　部長様のとち狂ったような発言。

　自ら演技をぶち壊すような振る舞いなのに、その様は真に迫っていた。

「こんなもの、君たちの役に立つものか！　どこの手の者か知らないが、公になれば帝国
を崩壊させかねない代物だぞ！」

「……そういう体《てい》の機密なのか」

「なにを言っている……？　いいか、今ならまだ戻れる。金でも出世でもなんでもいい、
私が約束してやる！　だから手を引け！」

男は興奮したように唾を飛ばした。

怒りに駆られて、と表現するには、あまりに怯《おび》えの色が濃い表情で。

「C文書《こんなもの》が表に出てみろ、我々全員の首が文字通りに飛ぶぞ!?」

「――そうか。やっぱりな」

その恐怖が、本物であると。

エドガーは確信した後、引き金を絞った。喚《わめ》いていた男が静かになり、ずるずると壁に擦れるようにして、床に沈む。

エドガーの後ろから、カリンが恐る恐る昏倒《こんとう》した男を覗《のぞ》き込む。

「な、なにもそこまでしなくても……ちょっと演技がしつこいとは思ったけど……」

「………………」

彼女には答えず、エドガーは無言で部屋を見回し、物色し始めた。

幸いにして物は少ない。目当ての物はすぐに見つかった。

申し訳程度に備え付けられたテーブル。その上に鈍色《にびいろ》のアタッシェケースが置かれている。

手に取れば、大きさに反し、随分と重い感触が伝わってくる。認識における重さのズレは、ケースに取り付けられた錠が原因だった。

精密時計の内部を彷彿《ほうふつ》とさせる、見た目からして複雑に入り組んだ錠だ。

「それがC文書？　すごい厳重……本物の機密情報みたい……」

「本物だよ」

エドガーは何気なしに言った。

え、とカリンが呆けたように口を開く隣で、アタッシェケースを見下ろす。

「見覚えがある。大富豪の個人銀行なんかに使われてる錠前の小型版だ。鍵も持ち運べるようなものじゃない。……強引に解除しようと思えば、それ専門のスパイだって一週間はかかる代物だ」

間違っても学生に解かせるような難易度ではない。

つまり、最初から開くはずのない機密情報ということになる。

カリンが困惑した様子で、エドガーとアタッシェケースを見比べた。

「本物って……？　ま、間違えて、持ってきちゃったとか？」

「そんなお茶目ならよかったんだけどな」

自分で言いつつ、カリンもその予想が現実的ではないと理解しているのだろう。

切羽詰まったように声を震わせる。

「これ、どういうこと……？」

試験のための ハリボテ。

形だけの機密情報。

嘘であったはずの代物が、本物に化けた理由を、エドガーには説明できる仮説が一つだけあった。

「カリン。普段の訓練はまだしも、定期試験だけは中央情報局──学園の上層部から直々に指示が下るって、前に言ってたよな」

「う、うん。大がかりな訓練になるから……学園側も、直前まで知らされないから毎回苦労してるけど……」

「ってことは、中央からの指令が学園に下る前に、その試験内容を改ざんされたら、学園側……俺たち生徒は、試験が書き換わったことに気づけないわけだ」

エドガーの言わんとしていることに思い当たったのか、カリンが顔を蒼白《そうはく》にして、うろたえたように一歩後ずさった。

「……うそ……」

「誰かが俺たちに嘘の試験を信じ込ませて、本物の機密情報を盗ませた」

単純な話。

鍵のかかった家に盗みに入ろうとする賊がいたとして。

外から無理矢理に鍵を壊すなりして、押し入るよりも。

――もし家の中に仲間がいるなら、内側から鍵を開けてもらった方が早い。

「帝国スパイ養成機関〈クリプトス〉は、中央情報局の傘下《さんか》。機密情報を奪おうとするなら、外部から仕掛けるよりも、学園経由の方が手間はない。誰だって身内相手には多少なりとも口も軽くなるだろうしな」

「そ、そんな簡単な話じゃ……」

「スパイを学生として送り込む手口の有用性は、俺たち自身が証明してるだろ？」

「……それは……」

言われて気づいたのだろう。カリンが難しい顔で押し黙った。

機密の一つでも盗めれば儲《もう》けもの。そう捨て駒同然にスパイ養成機関に送り込まれたのは、他でもないカリンたち小隊の少女らである。

「でも、機密情報を盗むなんて真似《まね》……私だって、エルダー・エリートになって叶《かな》えようとしてたくらいなのに！」

「中央情報局にバレないようにするなら、その方法が確実だろうさ。でも、後先を考えないならやりようもある。スパイ候補生の立場があれば、尚更《なおさら》だ」

電子支援科がいい例だ。

中央情報局が有する電子情報の保管庫。

仮にも一国の秘奥《ひおう》。外部からまともに攻略しようだなんて、想像するだけで面倒な情報防壁《セキュリティ》が築かれているだろう。

だが、シャロンはC文書という国家機密に手を伸ばすことが叶った。

電子保管庫にそびえる情報防壁。その抜け道を知る彼女だからこそできた芸当だが、そもスパイ候補生の立場でなければ、抜け道だって作れなかった。

——こと、敵対する状況を想定した際。

スパイ候補生という存在は、どれだけ強力な外敵よりも厄介な、中央情報局をはらわたから蝕《むしば》む毒になり得る。

「試験を隠れ蓑《みの》にすれば、学園だって生徒の行動を怪しまない。銃撃戦があっても、いつものことかってスルーされるくらいだ。どれだけ派手に動こうとも、あらゆる行動を黙認してくれるだろうさ」

他ならぬ中央情報局以外は。

部長様は演技派なのではなかった。

単純に——身に迫った本物の危機を前に、恐慌《きょうこう》に陥っていただけだった。

「候補生を使って、機密を盗ませる……そんなこと、本当にできるの？」

「現に、俺たちの前には本物の国家機密——C文書とやらがあるな」

「……待って」

気圧《けお》されるカリンだったが、隣で平然とするエドガーを見やり、その佇《たたず》まいから思い至ったように目を見開いた。

「気づいてたの……？　これが仕組まれた偽《にせ》の試験だって!?」

「候補生の立場を利用する前提の時点で、内容に歪《いびつ》さはあった。確信を持てたのは、部長様の反応を見てようやくだよ。正直、後手に回っているのは否《いな》めないな」

「そ、それなら私に一言教えてくれたって……！　言ってくれれば、私だって、エリートの権限でも何でも使って、手伝……った、のに……」

疎外感故か口調が荒くなるカリンだったが、次第に語気が萎《しぼ》んでいく。沈黙するのも束《つか》の間、悪寒《おかん》にでも襲われたように肩を震わせた。

学園の試験を改ざんできるような立場、それだけの権限を有する存在。

内通者たり得る者が何者なのか、今まさに理解したように。

「……エリート……!?」

「誤解するなよ。カリンを疑ったわけじゃない」

エドガーは念押しするように言った。

「尋問科《ミルフィ》、戦闘科《ノイナ》、電子支援科《シャロン》、あとは……狙撃科《ミア》だったか。同盟を組んでいた連中は黒だろうさ。いつ頃から敵に回ったのか、あるいは初めからそうだったのか、定《さだ》かじゃないけどな。残りの二科も怪しいけど、まあ今はどうでもいい」

「どうでもって、」

「首謀者は彼女らじゃない」

舞台で踊る者が主役であることに変わりない。

だが、その役者を操る者は、また別に存在する。

「筋書きを書いた奴《やつ》がいる。部長様の反応を見る限り、C文書は相当な厄ネタだ。エリートとはいえ、一介の候補生が捌《さば》けるとは思えないよ」

エドガーは、皆を、エリートである少女らのかつてを知っている。

国家機密に手を出すなんて馬鹿な真似、たとえ首謀者に脅されようとも、彼女らが大人しく従うとは思えない。

もしも、仮に。

そんな命令を下し、彼女らを動かせる者がいるとすれば、それは。

「……そういうことだろうな」

エドガーが舌打ち混じりで呟《つぶや》いた、その矢先だった。

かちゃり、と。

部屋と廊下の通路を隔てる扉のドアノブが、軽い音を立てて、回った。

ゆっくりと、扉が開いていく。

エドガーが銃を構え、現れる第三者に備える余裕がある程に。


「――正解だ」


そこに、男が立っている。

扉を開けて部屋に入ってきた。一連の流れを目《ま》の当たりにしたはずなのに、突然その場に現れたような感覚に襲われる。

理由は、男の存在感の稀薄《きはく》さにあった。

一目顔を見て、瞬《また》きをする。一秒にも満たない空白を置けば、顔の輪郭がぼやけてしまいそうな程の印象の薄さ。

透明人間ならぬ、透明感のある人間。

街を行き交う人々を眺めていても、一人一人の顔を記憶はできないように。

まるで背景と同化しているように――その男は、そこに立っていた。

「……如何《いか》にもって感じの登場で笑いそうになるな」

エドガーは男に拳銃を突きつけている。

それでも、一瞬でも気を緩めれば、銃口の先を見失う予感があった。

「こういう状況で話に割り込んできた奴が、味方だったためしがない」

「では、それらしい言い回しをしようか。――私の計画のため、よくC文書を手に入れてくれた。協力に感謝する」

「言い訳するつもりもないと。まあ当然か。アンタが、定期試験の内容を書き換えた相手ってことでいいのか？」

質問というより確認の意を込めて尋ねる。

すると男は、微笑《ほほえ》んでから頷《うなず》いた。

「ああ、その通りだよ」

「首尾良く機密を盗めたから、あとは楽に回収しようって？　黒幕気取りだな」

「生憎《あいにく》と、卑怯《ひきょう》者の誹《そし》りを受けてでも、私にはそれを手に入れる必要があったんだ」

およそ敵対する者とは思えない穏やかな語り口。

本人の言が正しければ、男はスパイ候補生を操り、国家機密の奪取を目論《もくろ》んだ大罪人である。

しかし彼は、まるで敵意を感じさせないまま、己の目的を口にした。

「C文書――それは、私が死亡したことにされた作戦の記録だから」

「……死人か」

公的な身分を喪《うしな》った存在。

C文書という国家機密と結びつけて考えれば、大方、国家に消され、闇に葬《ほうむ》られた人間といったところだろう。

そう、まるで――彼のような。

「軍人かスパイか、それとも政《まつりごと》に関わった人間ってところか。同情はするよ。ただ、国家の陰謀で消された人間なんて珍しくもないけどな」

「手厳しいな。しかし、それなら復讐を望む気持ちも、理解してくれないか？」

「言うにこと欠いて、復讐《ふくしゅう》ね。C文書とやらを世間に公表でもする気か？　ご勝手にどうぞ。ただな……」

エドガーは己の感情を制御できる。感情と行動を切り離し、状況に応じた最適解を導くスパイとしての技術を会得《えとく》している。

彼の口調に苛立《いらだ》ちが混じるとすれば、それはよほどのことが起きた場合のみ。

——〈蜃気楼《しんきろう》〉の聖域に、土足で踏み込まれた時だ。

「ウチのエリート様たちを巻き込んでくれるなよ」

「巻き込む、か。その言い方は正しくない。彼女たちは、私の目的に賛同し、自ら手伝ってくれたんだ」

「……もう少しまともな嘘《うそ》ついたら？」

カリンが少女らしい装いの懐《ふところ》に隠した銃を抜き、青年へ向けて構える。

その表情には、謀《はか》られたことへの純粋な怒りがあった。

「どうせ脅しでもして従えたんでしょ。私たちにこんなことさせて、試験を滅茶苦茶《めちゃくちゃ》にした責任は償ってもらうから！」

「……わからないか、カリン」

いっそ気安いほど優しげな声色で、青年はカリンの名を呼んだ。

眉をひそめる少女。その顔に浮かぶ感情は、敵から親しげにされた困惑ではない。

強烈な違和感。既視感とも呼べる気持ちに戸惑う仕草だ。

青年は掌《てのひら》で顔を覆う。いっそ日常的に、何気なく。

すると、変装用の仮面が、機械的な音を立てて剝がれ落ちる。

——その顔を、カリンはよく覚えていた。
エドガーもまた、己が使用していた顔だからこそ、見覚えがあった。
男が、まるで愛弟子《まなでし》を前にしたように、穏やかに微笑む。
「久しいな、琥珀《アンバー》」
果たして、亡霊は蘇《よみがえ》る。
二年前に世界から姿を消し、伝説だけを残して抹消されたはずの存在。
少女の記憶の中で、幾度となく縋《すが》られ、支えとされてきた大切な人。
……隊長、と。
居るはずのない亡者《もうじゃ》を前にして、カリンが小さくその名を呼んだ。

■

ソレは〈蜃気楼〉の顔を借りた何者かである。
そう判断を下すや否や、エドガーは即座に思考を切り替えた。
すなわち、様子見の段階から、排除する方向性へと感覚《ギア》を引き上げたのだ。

「――――」

エドガーは躊躇《ためら》いなく引き金を絞る。

彼我《ひが》の距離は四歩程度。目視では避ける余地のない有効射程距離《キルゾーン》における射撃。

だが、〈蜃気楼〉を騙《かた》る男は反応する。

それも回避するのではなく、迎撃する方向性で対応した。

胸元へまっすぐに飛来する銃弾を、男は指でつまみ上げるようにして、摑んだ。

「危ないな」

装備開発科によって製造された麻酔弾。

着弾し、破裂することで、内蔵された麻酔薬を霧状にばら撒《ま》く。衣類はおろか、皮膚にすら容易《たやす》く浸透し、対象を数秒で昏倒《こんとう》に陥《おとしい》れる特別製。

だが、起動しなければ、ただの殺傷性の低い弾丸でしかない。

まるで壊れ物を扱うような手つきで、男は不発に終わった銃弾を懐にしまうと、子供を諭す大人のように口元を綻ばせた。

「警告なしの発砲は敵対行為と取られてもおかしくない。気をつけてくれ」

「……隊長……?」

まるで亡霊が生者の足下に縋りつくように。

カリンが一歩、震える足で、男へ近づく。

「生きて、たの……？」

「ああ。想定以上に長い任務となってしまった。遅れてすまない」

男がそう言えば、カリンがくしゃりと顔を歪《ゆが》めた。

目に涙を浮かばせ、堪《こら》えきれないように弾《はじ》けた雫《しずく》。次の瞬間には、感情の赴くまま、男に駆け寄ってもおかしくない。

「――訳知り顔する前に、アンタが誰だか教えてくれよ」

だから、エドガーはカリンを背に庇《かば》った。

男は呆気《あっけ》に取られたように瞬《まばた》くも、すぐに笑みを形作ると、生徒の問いに応じる教師のように応えた。

「さて。立場上、特定の名前は持たずに活動していたが、その分自然と呼ばれる名は多くてね。だが……この場で名乗るに相応《ふさわ》しい名は一つだろう」

さも当然のように、告げられる名前は。

「私は〈蜃気楼〉――かつて、そう呼ばれていた者だよ」

「へえ、驚いた。二年前に死んだ伝説のスパイ様じゃないか」

「詳しいな。私の死は公式の記録には残されていないはずだが……ふむ。であれば、私の目的も理解できるだろう？」

〈蜃気楼〉を名乗る男は、両腕を広げてみせた。

「私はここにいる。死の淵《ふち》から蘇り、二年前に私を陥れた者たちに復讐するべく、ここに在るのだ」

「復、讐……」

カリンが弱々しく唇を震わせる。

未《ま》だ再会の余韻が抜けないカリンを、安堵《あんど》させるように男は微笑んだ。

「現在、帝国首都に本部を構える放送局の回線を奪いつつある。私の仲間には、その方面に強い者がいてな。C文書の内容……私が帝国に陥れられた証拠は、世界へ向けて発信するつもりだ」

「そんなことで復讐になるとでも？　存在すらあやふやな〈蜃気楼〉なんてスパイの戯《ざ》れ言を、誰が信じる」

「ああ、覚悟を示さなければ、誰も信じないだろうな」

男の表情に変化はない。微笑みは娘を見守る父のように穏やかなものだ。

敵意は感じられない。悪意なんて欠片《かけら》ほども見つからない。

この笑顔が嘘であれば、何を信じればいいのかと疑いたくなるほどに自然体で。

「故に——帝国首都一帯に爆発物を仕掛けた」

だからこそエドガーは、この男が真性の嘘つきだと理解した。

吐き気を催すほどに、まとう嘘の匂いが濃いのだと。

「仲間の製作者の言葉を借りるなら、首都を吹き飛ばしてなお、余りある程の威力を誇る代物だ。復讐を果たす形としてはこれ以上なく相応しく、C文書の内容を世界に公表する覚悟としても申し分ない」

予想はあった。

C文書奪取の計画において、エリートたちが協力している時点で、エドガーはその可能性を考慮せざるを得なかった。

そも、並大抵の相手に、あの子たちが素直に従うはずがない。

放送局の回線を奪えるような腕前？

首都を破壊できるレベルの爆弾を製作し、配備できる技術だって？

間違いない。確実だ。

——小隊の少女らが、この男を〈蜃気楼〉だと認識した上で協力している。

「さて、再会の喜びに浸りたいところだが、生憎と時が惜しい」

故に、その危機は訪れて当然だったのだろう。

男が視線を向ける先は、テーブルの上に置かれたアタッシェケース。

そして、その前に立ちはだかるエドガーを認める。

「手早く済ませよう。なあ、琥珀」

ぱしゅ、と。

軽い音を立てて、エドガーの腹部に麻酔弾が命中した。

完全な意識の外、敵意すら感じない者からの一射。

「っ、ぁっ」

酩酊《めいてい》感にも似たふらつきを覚え、エドガーは足を滑らせて床に倒れた。

全身を打ち付けた衝撃が、ほんの一瞬だけ正気を取り戻させる。

かろうじて目線を上げれば、強烈な睡魔に霞《かす》む視界の中で、一人の少女が彼を見下ろしていた。

その手には、薬莢《やっきょう》を排出したばかりの自動拳銃を携えて。

誰よりも〈蜃気楼〉を追い求め、縋り続けた少女。

カリンは一切の感情を排したような瞳で、エドガーの意識が途切れる最後まで、彼を見つめていた。

■

ぴ、ぴ、ぴ、と。

電子音が、断続的に耳朶《じだ》を叩《たた》く。

平時であれば、早朝に鳴る目覚ましのようなそれが、耳に挿した通信機の起動音だと気づいたはずだ。

『……て、おき……』

寝起きの雑音である。ぼんやりとした頭で顔をしかめれば、

『おきて、起きて！　エドガー君！』

切羽詰まった上司の叱咤《しった》を受けて、急速にエドガーの意識は覚醒した。

『バイタル変化……起きた⁉　無事だよね⁉』

「……ああ、おはよう」

身を起こして、エドガーは首を軽く回した。

頭が、重い。麻酔が切れた後の独特な倦怠《けんたい》感だ。

『も、もう、びっくりしたー。君の体調モニターしてたら、急に昏睡《こんすい》するんだもの。通信機の故障かと思ったよ。なに、おはようって、自分に麻酔でも打ったの？』

「そんなところだ。リズ、私はどの程度眠っていた？」

『一〇分くらいだけど……え、その口ぶり、誰かに眠らされてた？　うそ、君が不意打ちくらったの……？』

「……一〇分か」

リズの驚愕《きょうがく》をよそに、エドガーは数字を繰り返した。

エドガーはスパイとしての訓練を積む中で、身体《からだ》に害を及ぼす恐れのある薬物は一通り耐性を付けている。

――毒は勿論《もちろん》、昏倒を目的とした麻酔等でも、想定より早く目が覚めるように。

今は、その解釈でいい。

「…………」

室内を見回せば、〈蜃気楼《しんきろう》〉を騙った男も、カリンの姿も既にない。

エドガーのすぐ横で、部長様が寝苦しそうに呻《うめ》くだけである。

当然、テーブル上に置いてあったアタッシェケースなど、影も形もなかった。

「リズ。至急、共有したい情報がある」

陽《ひ》が落ちつつある帝国の街をエドガーは一人走る。

喧騒《けんそう》は昼間と変わらず、むしろ夜が訪れてからが本番だと言わんばかりに、行き交う人々の活気は留《とど》まることを知らない。

人の波をかき分けるエドガーとの温度差たるや。とはいえ仕方あるまい。

この街の何処《どこ》かに、自身らを吹き飛ばす爆弾が眠っているのだと、彼らは露とも知らないのだ。

『……〈蜃気楼〉の偽者《にせもの》、ね』

エドガーの話を一通り聞いたリズは、ふう、と情報量の多さに少し疲れたような息を吐いた。

『納得した。あの子たちが敵に回った。だからそんなに焦《あせ》ってるんだね』

「──、」

『だめだよ、〈蜃気楼〉』

長年の付き合いたる上官は、エドガーの声の震えを容易く見抜いた。

『スパイは偽りの感情を身にまとう。笑うにしろ嘆くにしろ、それは偽りであるべき。スパイはそうでなきゃ。でしょ？』

「──ああ、そうだな」

一息。

平時よりもほんの少しだけ深く息を吸い、〈蜃気楼〉は平静を取り戻した。

「すまない。もう、大丈夫だ」

『ん。まあ、エドガー君の気持ちもわかるけどね』

先ほどまでの諭すような声色から切り替えて、リズは難しく唸《うな》った。

状況を整理すると、と言葉を繋《つな》げる。

『所属不明、正体不明の男――〈蜃気楼〉を騙《かた》る何者かが、帝国の機密を世界に暴露しようと画策している。機密が公表されることによる混乱は勿論、もし本当なら、爆発物の仕掛けられた首都一帯に甚大《じんだい》な被害が出る、と……』

少し考え込んでから、口にされる疑念。

『爆弾が虚言《ブラフ》である可能性は？』

「街を少し調べた。全体像を把握する余裕はなかったが、破壊工作の痕跡は一部確認できている。見た分だけでも、街の四分の一は吹き飛ぶだろう」

『……都市機能を麻痺《まひ》させるなら十分な量だね』

「ここは帝国の要だ。国の象徴が陥落《おち》れば、他国からの侵略を許す隙になる。……帝国は敵が多い。近隣諸国との開戦にも繋がりかねない」

そして何より。

語られる展望の先は、エドガーにとって最悪の結末が待ち構えている。

「そうなれば、偽者の傍《そば》に立つあの子たちまで、世界の敵になってしまう」

『でも、説得は』

「難しいだろうな。〈蜃気楼〉という名は記号だ。常に変装するスパイの真贋《しんがん》を見極める術《すべ》は存在しない。それこそ——エドガー・フランクのように、素顔という証明でもない限りは」

『あの子たちも君の素顔は知らないしね。実際、偽者はどうだったの？』

「手練《てだ》れだな」

思い起こすのは、エドガーの放った銃弾を素手でつまみ上げた一幕。

人間業ではない。そして、超人たり得る存在こそが〈蜃気楼〉である。

「〈蜃気楼〉の真贋は観《み》る者によって判断される。真に届いているかはさておき、少なくとも彼女たちにとっては、あの男の力量は〈蜃気楼〉であると信じる材料になり得る。となれば……」

『後は、〈蜃気楼〉とあの子たちしか知らないような想《おも》い出の一つでも語れば、藁《わら》にも縋《すが》る気持ちで信じかねない、か。……心の隙間につけ込むようなことして』

そうして奴《やつ》は〈蜃気楼〉の名を騙った。

仮にも諜報《ちょうほう》世界に轟《とどろ》く伝説だ。名乗れば目立つ。少なくとも、これから機密情報を奪おうとする盗人《ぬすっと》が、好むような肩書きではあるまい。

その上で、危険性を承知で騙る理由があるとすれば。

「エリート……スパイ養成機関〈クリプトス〉における絶対権力者。あの子たちを意のままに操るためには〈蜃気楼〉の名が最も効果的だ」

『——エリートの協力がハナからある前提なら、試験を偽装して学生に機密を盗ませるなんて計画でも、博打《ばくち》じゃなくなる。でもさ、それって偽者は、〈蜃気楼〉の名前がエリートの子たちを操る上で、有効だって確信してたからだよね』

リズの疑問は一つの可能性を示唆していた。

エリートである少女らの正体。その真実を知る意味とはすなわち。

『……あの子たちの素性を知ってる?』

「ああ。ただ、捨て駒扱いとはいえ、彼女たちが臨むのは潜入任務だ。秘匿性は高い。何処からか情報が漏れたとすれば、公国《みうち》か、もしくは……」

『二年前の関係者、だね』

「可能性はある」

伝説のスパイ〈蜃気楼〉が公より姿を消した作戦。

作戦の情報が漏れたことにより、彼とその仲間たちが陥《おとしい》れられた運命の日。

「C文書が本当にあの日の詳細……〈蜃気楼〉に関連する作戦資料なら、その偽者が現れたことと合わせ、符号が揃《そろ》っているように思えなくもない」

『……どうするの？』

策はあるのかとリズが端的に問いかける。

だが、エドガーとて無策で走っているわけではなかった。

「C文書を全世界に発信するために、放送局の回線を奪う——恐らくは水宝玉《シャロン》の担当だ。ただ、いくらあの子でも、設備なしでそんな大がかりな真似《まね》はできないはず」

『設備が要る……電子支援科、スパイ養成機関の設備？』

「C文書を公表するなら、告発者である〈蜃気楼〉がその場にいなくては意味がない。偽者も学園へ向かっているだろうさ」

『直接押さえるつもり？』

「時間が経《た》てば、外部からの介入を招きかねない。これ以上騒ぎが露見する前に片を付けるべきだ」

『そっか。……でも、エドガー君。あの子たちは……』

リズの言わんとしていることは明白だ。慮《おもんぱか》るような声色も頷《うなず》ける。

〈蜃気楼〉を騙る者が敵として立ち塞がる。その意味するところはただ一つ。
――これよりエドガーは、かつての仲間たちを敵に回さなければならない。
『……気をつけてね、エドガー君』
「ああ」
リズの声に見送られ、エドガーが向かう目的地は、スパイ養成機関〈クリプトス〉。
潜入先にして仮初めの居城。因縁めいた地で決着はつけられる。
もっとも――その学び舎《や》の前には、彼を阻《はば》む門番が待ち構えているだろうが。

■

黄昏時《たそがれ》の学園は、耳が痛くなるほどに静かだった。
異様である。
銃を片手に駆け回り、挨拶代わりに弾丸をばら撒《ま》く生徒たち。
それがスパイ候補生らの日常であり、変わらぬ学園の風景だった。
けれども今は、人影一つ見当たらない。
誰もいない敷地内を進みながら、エドガーは考察する。

――当然ながら、既に侵入されているか。

――警備員が二名、学園の教官が三名。いずれも道中に気を失って倒れていた。

――無力化は殺害するよりも難度が高い。手慣れている証拠だな。

――他の職員や生徒は建物の中か。恐らくは軟禁状態にあると思われる。

――一帯への電波妨害《ジャミング》を確認済み。学園の防衛機構も沈黙している。

――外部との連絡も途絶。異状が外に露見するまでには時間を要する。

――おかげで中央情報局がまだ動いていないのは、幸運と呼べるか？

――ともあれ、結論は明快だ。

学園は既に、偽の〈蜃気楼〉の手に陥落している。

ただの学び舎ならまだしも、帝国の最重要施設。相応に警戒は厳重だ。

排除された教官とて、現役こそ退いたものの腕利《うでき》きのスパイばかり。

下手な軍事施設より、よほど強固な要塞と言える。

こうも容易《たやす》く、短時間で、ましてや単独での攻略など人間業ではない。

――だからこそ侵入者たるあの男は、〈蜃気楼〉として、こうして少女らを信じ込ませることができたのだろうが。

「……へぇ」

電子支援科の根城たる聖堂。

入り口である身の丈ほどの扉は閉じられている。その扉に背を預けるようにして、退屈そうに佇《たたず》む少女がいた。

──柘榴石《ガーネット》。

識別名〈灰塗《まみ》れで輝く柘榴石《ガーネット》〉。

現在は戦闘科のエリートとして、ノイナと名乗る少女は、エドガーの顔を認めると意外そうに瞬《まばた》いた。

「あの人の言った通り。本当に来たのね」

「戦闘科のエリートが門番とは贅沢《ぜいたく》な布陣だな。あの男の指示か？」

「ええ。アンタを警戒してたわよ。ただの候補生ではない、恐らくはどこかの国が送り込んだスパイか、もしくは帝国から送り込まれた内偵だろう、って」

「大層な予想だ。荷が重いな」

恐らくは今頃、聖堂の中では、偽の〈蜃気楼《しんきろう》〉が世界に機密を告発する準備に勤《いそ》しんでいることだろう。

その前に立ち塞がるノイナの役割はわかりやすい。

「これでも期待してるのよ。ねえ、実際のところどうなの？」

純粋な童女の如《ごと》く、ノイナは小首を傾《かし》げた。

「アンタって、何者？」

「君が気にする価値もない、ただの候補生だよ。だからそこをどいてくれないか？　君は謹慎中の身だろ。それに、ほら。君には昨日、勝ったしな？」

「そう、それ！　あの時はごめんなさい。人の目があったからって、退屈させちゃったでしょ？　でも大丈夫、安心してくれていいわ」

静寂の学園に、二人を見咎《みとが》める者はいない。

その状況は両者にとって、幸運に働いた。

正体を悟られぬよう、周囲に怪しまれないために、実力を隠す。

――そんな枷《かせ》を嵌《は》められていたのは、なにもエドガーだけに限らないのだから。

ノイナが戦意に唇を濡《ぬ》らす。

薄暮に煌《きら》めく刃を握りしめて。

「今度は全力で、相手してあげるから――ッ」

少女が、姿を掻《か》き消した。

無論、錯覚である。そう目に映るほど素早く、彼女は疾駆を開始した。

無手による迎撃は論外。エドガーもまた、刃引きされた戦闘用ナイフを構える。

学園に来て以来、候補生に対して明確に武器を取るのは初めてだ。

本気の柘榴石《ガーネット》――ノイナを武装なくして制圧できるはずがないと、〈蜃気楼〉として彼女を知るエドガーは理解していた。

当然である。そんな柔な鍛え方をした覚えはないのだから。

「ア、ハ」

少女が満面の笑みでナイフを振るい、エドガーはこともなく迎え撃った。

刃と刃が衝突し、鍔《つば》迫《ぜ》り合って、火花を散らす。

膂力《りょりょく》で劣る理由はない。エドガーは得物を振り抜き、ノイナを退けた。

「アハ、アハハ」

少女の笑い声は途切れない。

常人が耳にすれば、それだけで足が竦《すく》むような、刃の風切り音。

鋭い音色を絶え間なく奏《かな》でることで、自らこそが戦場における主旋律なのだと、高らかに主張する。芸術めいたナイフ格闘術。

「よく躱《かわ》す、よく弾く、よくしのぐ！　これだけ動けるくせに、ただの候補生ェ？　スパイならもう少し上手《うま》い嘘《うそ》を吐《つ》きなさいよ。あの人以外、こんなに長く私の前に立ってた人はいないんだからッ」

「──そうか？」

ああ、よく覚えているよ、柘榴石。

全ては〈蜃気楼〉が教導し、共に練り上げた技術であるが故に。

ノイナは恋人に抱擁でも求めるように、一途《いちず》で執念深く攻め立てる。

己の意思を叩《たた》きつけるように戦う。交流の手段《コミュニケーション》として用いる戦闘行為。

それが、戦うことが日常である少女、柘榴石としての在り方であると、エドガーは知っている。

「いつまで保《も》つかしら。防戦一方っていうのもつまらないでしょう？　ほら、ほらほらほら！　少しは反撃してきたらどうッ？」

──故に、気づいた。

興が乗ったような饒舌《じょうぜつ》な語り口は、エドガーの意識を誘導させるためのもの。

半身を翻《ひるがえ》したノイナは、体の陰を死角として、もう一つの武装で奇襲を仕掛けた。

銀色に塗装された鉄塊。

銃口が、エドガーの額に突きつけられる。零距離。回避は間に合わない。

……そう、ノイナが勝利を確信し、獰猛《どうもう》な笑みを深めた直後。

彼女の握る拳銃が、積み木でも小突いて崩すように、突如散《バラ》けた。

「――、は?」

「戦闘科のエリートは、ナイフ一本で軍隊すら相手にできる」

瞬《また》きの刹那に、エドガーが手を伸ばし、銃を分解した。

言葉にすればただそれだけのこと。だがノイナは目の前で起こったことを理解できないように、唖然《あぜん》としたまま立ち尽くす。

「カリンの言っていた通り、大した格闘術だ。銃を抜く必要がない、って触れ込みも頷けるけど、本命はその拳銃か。戦闘科のエリートは、ナイフの使い手。銃は使わない。そうやって普段から周りに印象づけることで、切り札を隠してきた。違うか?」

「っ」

返答はない。代わりに、カリンが弾《はじ》かれたように退いた。

エドガーを睨《ね》めつける瞳に、先ほどまであった余裕は既に失《う》せている。

スパイたる者、嘘を身にまとえ。

〈蜃気楼〉がかつて仲間に教えた理念。ノイナはそれを忠実に守っていた。

相手がエドガー――彼女の手口を知る〈蜃気楼〉でなければ、見抜けないほどに。

誇らしい気持ちが胸を衝《つ》くのも一瞬。

エドガーはこれより彼女の嘘を暴《あば》くことを心中で詫《わ》びる。

「とはいえ、ナイフに比べると銃の扱いはぎこちないな。嘘を吐くなら徹底しないと。せっかくのブラフがもったいないよ。……ああ、いや。それとも、」

──まだ。

「もしかして、銃を撃つのが怖いのか？」

「ッ……！」

正体《かくしん》を暴かれた少女の体が、ミシリと音を立てるように硬直した。

ほんの一瞬。されど、その動揺は戦う者として致命的な隙を生む。

黄昏時の空に、銃声が鳴り響くことを許してしまう程度には。

「……あっ、っ……」

何かを言いかけるも言葉にすることなく、ノイナが膝を折った。

そんな彼女を抱き留めるエドガーの手には、たった今、麻酔弾を放った拳銃が握られていた。

──引き金に指をかけることを恐れるスパイ。

それが柘榴石、ノイナが『落第』と諜報部《ちょうほう》で評された理由である。

意識を失った彼女を地面に優しく横たわらせ、ああ、とエドガーは一人呟《つぶや》く。

「でも、得意分野を活《い》かせるなら、それに越したことはないよ」

そう思わないか、と。

エドガーは語りかけると共に、再度、引き金を絞った。

ただし銃口はノイナにではなく、脇腹の横から覗《のぞ》かせるようにして、背後へ向ける。

誰もいないはずの虚空《こくう》へ撃っても意味はない。

だというのに──背後で、誰かが崩れ落ちるような音がした。

さすがに抱き留めることができず、多少申し訳ない気持ちになりながら──エドガーは振り返って、彼女に声をかける。

「……まあ、来るとは思ってたよ」

「……すぅ……んぅ……」

そこには、地面に横たわり、安らかに寝息を立てる白髪《はくはつ》の少女がいた。

潜入科のエリート。アルマ・クレール。

定期試験の名を借りた偽の〈蜃気楼〉による計画の中で、唯一、今に至るまで表舞台に姿を見せなかった候補生。

──その手に刃を携えていたことから、今まさに、エドガーを暗殺しようとしたと見て取れる少女である。

「暗殺は隠形《おんぎょう》が大前提。仕掛けるなら今をおいて他にないからな」

アルマ。識別名〈傷つくことを知らない金剛石《ダイヤモンド》〉。小隊の頃の呼び名は金剛石《ダイヤ》。

ノイナが戦闘における〈蜃気楼〉の相棒であれば、アルマは隠密行動における相方と言えた。

だからこそ〈蜃気楼〉を名乗る偽者《にせもの》も、彼女をここぞの場面……ノイナを退け、エドガーが安堵《あんど》の一つでもしたところに、暗殺者として差し向けたのだろう。

もっとも——仲間がどのような好機に仕掛けてくるなど、予想できて当たり前だと頷《うなず》くのが〈蜃気楼〉である。

「……さて」

ノイナとアルマを二人仲良く地面に横たわらせる。

少女らの耳元を見れば、通信機が挿し込まれていた。

一つ摑《つか》み取り、耳に装着。通信は既に繋《つな》がっていた。

学園一帯には電波妨害《ジャミング》が作動している。その最中、学園を占拠した一味である少女らと通信が繋がる先となれば、相手も自《おの》ずと知れるというもの。

耳には、微《かす》かな吐息と、風音が聞こえた。

「撃たないのか？」

エドガーは遥《はる》か遠くの空を見やる。

恐らくは建物の高所に陣取り、彼をスコープ越しに覗き見る狙撃手へ問いかけた。

「このまま何もしないなら、行かせてもらうけど」

『……………気づいて、いたの……？』

果たして、何処《どこ》か眠たげな丸い声が、通信機を介して返答した。

――識別名《コードネーム》〈理想を違《たが》えない翡翠《ジェイド》〉。

翡翠《ジェイド》、と〈蜃気楼《しんきろう》〉からは呼ばれていた相手であり。

現在はミアと名乗る、狙撃科のエリートでもある。

『……見え……て、る？』

「まさか。ただの勘、と言いたいところだけど、単に予測しただけだ」

『この、距離で……予測……？…………理不尽……』

「だったら、試してみたらどうだ」

翡翠、もといミアは〈蜃気楼〉の小隊における狙撃手だ。

彼女の腕前はエドガーもよく知っている。

『……面倒……』

「そうか。ならいいけどな」

そう言うなら是非もない。軽く肩をすくめて、エドガーは聖堂へ向けて歩き始める。

そして——舌の根の乾かぬ内に、彼の頭が狙撃された。

音を置き去りにするような一射。超長距離より放たれながらも、寸分も狙いを違わない眉間への一撃。

銃弾は頭蓋にめり込み、破片を散らしながら、脳髄にまで到達する。

『…………やっぱり……理不尽』

「前言を撤回する君ほどじゃないよ」

——そんな光景を、きっと狙撃手は幻視したことだろう。

ミアが理不尽と言ったエドガーの取った行動は、単純にして明快。

手にしたナイフで、迫った銃弾の軌道を、逸《そ》らしたのだ。

ナイフは当然のように刃こぼれした。もはや鉄の塊と称した方がよい惨状である。

そも、人体は弾丸より早くは動けない。

銃弾との速度差を考えれば——何もない宙にナイフを置くように振るったら、幸運にも刃に銃弾が当たってくれた、と揶揄《やゆ》するような光景である。

だが、幸運も二度続けば偶然となり、三度重なれば必然となろう。

一射。そして、二射。

狙撃手によって再度——僅かな間隔を置き、続けざまに放たれた二発の銃弾は、硝子《ガラス》の砕けるような澄んだ音を鳴らすと、どちらもエドガーによって弾かれた。

『…………どうして、避《よ》けない……の？』

「こうした方が効果的だろ？　撃っても意味がない、って理解してもらうには」

『……それ…………やられたの、ボス以外……初めて』

ミアが淡々と呟く。起伏こそないが、声の奥底には幾重もの感情が潜んでいる。

不満。悔しさ。そして——信頼。

『……でも、ボスの方が……強い』

「へえ？」

『…………撃ち抜かれちゃえ……』

捨て台詞《ぜりふ》というには些《いささ》か以上に物騒な言葉を残し、通信機の接続が途絶えた。

なるほど確かに、彼女の信じる〈蜃気楼〉であれば、エドガーも容易《たやす》く捻《ひね》り潰すのであろう。

変わらないな、とエドガーは苦笑する。

彼女の狙撃を見せつけるように無力化した理由。諦めてもらうために大見得を切ったのは何故《なぜ》か。

三回も粘って狙撃してくるあたり、どうやら性格は変わっていないらしい。

「……負けず嫌いは相変わらずだな、翡翠」

もちろん、返答はなかった。

■

聖堂の中は以前に訪れた時と変わらなかった。

祭壇に相当する位置に鎮座する巨大な筐体《サーバー》。奇妙なことに、その前に跪《ひざまず》き、敬虔《けいけん》な信徒のように一心に祈りを捧《ささ》げる男がいた。

もっとも、祭壇が電子の神《シャロン》を祀《まつ》ったものだと考えれば、それほど不思議な光景ではないのかもしれないが。

「C文書を世界に公開する……その準備を仲間に任せて、自分は呑気《のんき》に祈るばかりか。追い詰められて当然の怠慢だな」

「――祈りは見返りを求める行為ではない。私は仲間を信じ待つだけだ」

エドガーからすれば実に腹立たしい言葉だ。

男が祈りを終えて立ち上がり、エドガーへ振り返る。

その顔は、〈蜃気楼〉が使いこなす仮面の中でも、琥珀《アンバー》と呼ばれた少女と相対する時に使用した面のままだった。

「既に、水宝玉《アクア》が帝国全土へ繋がる回線を掌握しつつある。手筈《てはず》一つで、首都も爆破可能だ。中央情報局が気づく頃には、私は目的を達成しているだろうな」

「計画は順調だって？」

「ああ。たった一つの例外を除いて」

君だよ、と。

男はまるで敬意でも表するような声色で言った。

「エドガー・フランク。普遍的な名の響きだ。偽名には最適だな」

「――――」

「驚くことはない。この場に辿《たど》り着けるようなただの学生に、意識を割かないわけがないだろう？　身分の偽装は完璧に近かったが、やや詰めが甘かったな。大方、時間が足りないがための俄仕込《にわかじこ》みといったところか」

――エドガー・フランクは仮初めの存在だ。

帝国に潜入するにあたり、エドガーの身分はリズが用意した。諜報の世界を長く渡り歩いたスパイによる偽装。その精度は帝国の最深部においても通用する。

決して、腕が問われるような仕事ではない。

単純に——それを見抜いた男が、相応の眼《め》を持っていただけの話である。

「何処から送り込まれた諜報員《ちょうほう》かは知らないが、私の計画に狂いを生じさせたことは……ああ、賞賛に値するよ」

「……その言葉はもう少し後にとっておけ」

エドガーは拳銃を男へ向けて構えた。

敵対動作を見せたにもかかわらず、男は動じることなく余裕を保っている。

「時間稼ぎはもう十分だろう？　アンタを獲《と》れば、計画とやらも頓挫する」

「いいや、未《いま》だ計画の内だ」

硬く、冷たく。

後頭部に押し当てられる感触があった。不意に、記憶が蘇《よみがえ》る。

——思い起こせば、編入初日。

まるで焼きましのような光景だった。

「……忘れていたわけじゃないでしょ。エドガー君を撃ったのは私なんだから」

まったく敵意を感じさせることなく。

エドガーの背後に立ったカリンが、彼の頭に銃口を突きつけていた。

男が余裕の一端を明かすように柔らかく微笑《ほほえ》む。

「エドガー・フランク。君は優秀だ。ああ、あるいは私ですら苦戦するかもしれない。……だが、君は琥珀と親しかったと聞く。友人を手にかけられるか？」

「その必要はありません」

カリンが静かに敬愛する者へ答える。

ぐっ、と鉄塊の先端を、エドガーの頭に押しつけた。

「教えてあげる。あの時、あなたに撃ち込んだ銃弾はただの麻酔薬じゃない。装備開発部の新薬……遅効性の弛緩《しかん》剤だよ。通常より麻酔の効き目が悪い代わりに、時間差で作用するの。そろそろ効いてくる頃じゃない？」

「……っ」

カリンが言うや否《いな》や、エドガーの身体《からだ》が空気を読んだように震え始めた。

四肢の自由が、利《き》かない。

彼の手から滑るようにして、拳銃が軽い音を立て床にこぼれ落ちる。

まるで全身の血液が急速に抜かれるような酩酊《めいてい》感。

もはや唇を動かすこともやっと。それでも、エドガーは脂汗を頬に垂らしながら、一縷《いちる》の望みに縋《すが》るように口を開いた。

「……カリン……」

この男は〈蜃気楼〉じゃない。

こいつは偽者《にせもの》なんだ。騙《だま》されるな。

——そんな言葉は届かない。届くはずもない。

カリンにとって〈蜃気楼〉は絶対の存在。少女の心に巣くう亡霊にして、彼女を救う道《みち》標《しるべ》である。何者も触れることのできない聖域だ。

「……取引は、覚えて、いる……か……？」

「ええ、勿論《もちろん》。あなたこそ、私が言ったこと、覚えてる？」

互いの利益を担保とした信頼に基づく取引。

その折、エドガーはカリンに一つの条件を加えさせた。

もしも、取引に関係なく、自らを信じたくなったら心のままに信じて欲しいと。

およそスパイらしからぬ条件だ。勿論、カリンの返答は決まり切っていた。

——エドガー君。私はあなたを信用しないよ。

——私が信じるのは世界でただ一人、隊長だけ。

その時と同じように。

カリンは当然だと言わんばかりに、平坦《へいたん》な声で答えた。

「私が信じるのは、世界でたった二人だけだよ」

——その言葉を聞いて、ハ、とエドガーの口元が孤月の笑みを描いた。

限界を迎えた身体が傾く。

力を失ったエドガーは、為《な》す術《すべ》もなくゆっくりと倒れていく。


寸前に、ぷしゅ、と消音された銃声が鳴った。


エドガーの身体の陰、死角に潜む射線上。

まるで相手がどのように動くか、信頼故に完璧に把握していたように。

弾丸は跳んだ。

身を沈ませたエドガーに当たることなく、ただまっすぐに宙を走る。

——〈蜃気楼《しんきろう》〉を名乗る男の心臓。

それを獲《と》らんとするべく、吸い込まれていった。

その刹那の間、エドガーは視《み》る。

男が超高速で反応し、手刀による一閃《いっせん》で、弾丸をはたき落とした様を。

遠くに転がった銃弾は一拍遅れて破裂すると、無為に麻酔薬の霧をばら撒《ま》いた。

「……ふう」

膝を折りかけた体勢から、バネのように体を跳ね起こす。

そうして大きく息を吐いて、麻酔が効いたフリをやめたエドガーは、首だけでカリンに振り返ると、得意げに笑いかけた。

「息が合ってきたんじゃないか？」

「防がれてるんじゃ意味ないでしょ」

唇を尖《とが》らせるカリンは、憎まれ口を叩《たた》くも否定はしなかった。

ただ一人、事態に理解の及ばない男だけが、重苦しく口を開く。

「……何をしている、琥珀」

「スパイは嘘《うそ》つきだって話だよ」

代わりに答えたのはエドガーだった。

手を軽く揺らして、自らの体調が万全であると示しながら。

「遅効性の毒？　そんなもの、都合良くこんな風に効くわけないだろ。俺が喰《く》らったのは普通のより薄い麻酔薬だ。あの場を切り抜けるための嘘。すぐに目が覚めて、お前を追いかけられるようにって、手加減されたやつさ」

「……意図に気づいてくれたのはいいけど、銃まで落とすのはやり過ぎ」

カリンが呆《あき》れたように嘆息した。

「芝居がかりすぎだよ。バレるかと思ってヒヤヒヤした」

「時には大胆に振る舞った方が気づかれないものだよ」

「…………琥珀《アンバー》」

いっそ牧歌的なやり取りを前に、男が拳銃を懐《ふところ》より抜き去った。

この場に己の味方はいないのだと悟り、堪《こら》えきれないように声を荒げる。

「何故《なぜ》だ、琥珀。何故、私を裏切った！」

「──その名前で呼ぶな、気色悪い」

返答は抜き身の刃《やいば》の如《ごと》く鋭い侮蔑だった。

カリンは憎しみすら滲《にじ》みそうな眼差《まなざ》しで、男を睨《にら》みつけた。

「隊長はそんな風に怒鳴ったりしない。そんな感情を露《あら》わにした顔をしない。あなたみたいな濁った色なんてしないの！」

「色……？」

「──共感覚って聞いたことはあるか」

エドガーが口にした単語に対する、二者の反応は明確にわかれた。

カリンはむぅと悔しげな顔で唸《うな》り。

男は最大限の警戒を払うように、顔から表情を消した。

「……特異感覚」

「知っているなら話が早い。普通、人の感覚は一つの刺激に対して、一つの反応しか拾えない。でも、稀《まれ》に例外がいる。数字に色が見えたり、音に形が見えたり……そんな風に複数の感覚が共有《リンク》する知覚者が」

安堵《あんど》で声は弾み、緊張や興奮で汗は増し、嘘を吐《つ》けば表情は硬くなる。

感情を要因とした物理的な肉体の変化。

本来、些細《ささい》な反応であるそれらを、〝色〟という形で正確に可視化する——特別な瞳の持ち主。

「カリンの場合、人が発する情報……そうだな、声や匂い、表情などから人の感情が色彩《オーラ》として視える。そんなところじゃないか？」

人の吐く嘘ですら、完璧に見抜いてみせる真実の眼。

識別名《コードネーム》〈真実を惑わす琥珀《アンバー》〉——彼女は、嘘に惑わされることはない。

「鋭い勘って言うのも頷《うなず》ける。人の敵意も色で視えるなら、不意打ちなんて仕掛けようがないからな」

「……やっぱり知ってたんだ」

「スパイの嗜《たしな》みさ。知識は武器だよ」

「ふぅん？」

カリンは不服そうに鼻を鳴らし、まあいいけど、と繋《つな》げた。

「嘘つきはね、濁った色をしてるの。特にあなたみたいに、全身が嘘で塗り固められた人間なんて、直視するのも無理。本っ当に気持ち悪い」

実に容赦がない。

仕方ないか、とエドガーは苦笑する。

彼女が信頼し、共感覚という秘密を打ち明けたのは、本物の〈蜃気楼〉のみだ。彼を騙《かた》る偽者に対する敵意も、自《おの》ずと理解できるというもの。

「……そんな情報はなかった」

男の仮面が剝がれていく。

〈蜃気楼〉を騙り、形作られた表情は、本来の彼であれば浮かべるはずのない――確かな焦燥で彩《いろど》られていた。

「琥珀……彼女は、小隊の中でも最も能力の低いスパイだった。他のエリートとは異なり致命的にスパイへの適性が欠落していたはずだ。だからこそお前だけは、計画に組み込まなかったというのに……！」

「おいこらカリンを舐《な》めるなよ」

「なんでエドガー君が怒ってるの……。いいよ、どうせ負け惜しみだもの。私が欲しいのは隊長の褒め言葉だけ」

瞬時に沸騰したエドガーの横で、ふん、とカリンが強気に鼻を鳴らした。

「偽者の評価なんてお断りだよ」

「……だが、それがどうした。私の嘘を見抜いたところで、お前にできることなど、」

「は？　そんな下手な偽装、色を視るまでもなかったけど？」

カリンが心底信じられないという冷たい目で、偽の〈蜃気楼〉を見下した。

うん？　と首を捻《ひね》るのはエドガーである。

「色で嘘だってわかったんじゃないのか？」

「そんなわけないでしょ。だってそいつ、歩幅が全然違うもの」

「……ん？」

意味が理解できずに、エドガーは固まる。

呆れたように首を横に振るカリン。

いい？　と、人差し指をまっすぐ立てた。

「隊長の変装は完璧。歩法からして完成されてる。親指一本分もズレるわけないでしょ。大体ね、笑った時の顔だって全っ然似てない！　他の人ならまだしも、私に笑う時は、にこっ、じゃなくて、にへ、って少し目尻を下げて笑うの！　話し方も口調早すぎ！　私に話しかける時は、もっとゆっくり！　包み込むように喋《しゃべ》るんだよ！」

息継ぎをどこかへ忘れてきたような言葉の奔流。

有り体に言えば——その様は、好きなものを存分に語る有識者のそれだった。

何の有識者かと問われると、返答に困る類ではあるが。

「銃の持ち方だって違う。なに、その引き金への人差し指のかけ方。隊長はそんな雑じゃない。私の頭を撫《な》でてくれる時みたいに、優しくゆっくりと……正直ちょっとやらしい気持ちになっちゃうくらい繊細に扱うの！」

「カ、カリン。それくらいで」

「それにね、なによりねぇ!?　隊長は復讐《ふくしゅう》に私たちを巻き込んだりしない！　巻き込んでくれるくらい自分本位なら、私だって苦労してないの！　お前みたいなにわかが、隊長を語るな——ッ」

聖堂の鐘すら揺らしそうな大声が、聖堂内に響き渡った。

肩で息をするカリンは、ふんっ、と得意げな顔で胸を大きく張る。

この時ばかりは、偽者《にせもの》の呆然《ぼうぜん》とする顔にも、同意できると頷けそうだった。

――愛弟子《まなでし》が、師に対してガチすぎる。

カリンは変な脳内物質でも湧いているのか、興奮した様子で、偽者にビシッと指を突きつけた。

「さあ、とっととこいつをとっちめるよ、エドガー君！」

「いや、曲がりなりにも〈蜃気楼〉を騙っているんだ。彼の真贋《しんがん》は実力で決まる。騙る以上は相応の強者だろうさ」

「わかってる！　でもむかつくの！　だからエドガー君手伝って！　刺し違えてもこいつを懲らしめる！」

もはや子供のように駄々をこねるカリン。

戦うのが怖いくせに、自分の大切な人を侮辱されると、黙っていられない。

完全に調子が二年前の琥珀に戻っている。素が露わになる様は大変微笑《ほほえ》ましい。

だが、エドガーはやんわりと首を左右に振る。

「……それは困るな」

そう言って、何気ない動作で、カリンを麻酔弾で撃ち抜いた。

え、と。呆《ほう》ける彼女の膝が崩れ落ちる。その身体《からだ》を優しく抱き留めて、エドガーはゆっくりと近くの椅子に座らせた。

「……エドガー君……？」

「君が傷つくところは見たくない」

「ばっ……ばかぁ……──」

最後の言葉は実に可愛《かわい》らしい寝言だった。

カリンの意識が眠りに就いたことを確認し、さてとエドガーが背後を振り返れば、男はもはや〈蜃気楼《しんきろう》〉の仮面を取り繕うことなく、気配を強《こわ》ばらせていた。

「何のつもりだ。自ら戦力を減らすとは」

「……違うんだよな」

エドガーはため息を吐いて、諭すように言う。

「アンタは〈蜃気楼〉を勘違いしてる」

男はエドガーを、己の計画に生じた例外であると称した。

だが、当のエドガーは知っている。理解している。自覚している。

──本物の〈蜃気楼〉ならば。

敵対者が、己の前に立つことすら許していない。

「C文書を奪う計画な、あれは杜撰《ずさん》すぎる。試験の内容を改ざんして、スパイ候補生を利用する？　そんな遠回りをしないと奪えないのか？　どうして直接乗り込まない？　まさかできないはずないよな？　その程度ができなくてさ——」

エドガーの瞳に、男が空虚に映る。

「本当に〈蜃気楼〉を名乗れると思ってたのか？」

「……誰だ、お前は」

「その答えに辿《たど》り着けてない時点で、アンタは〈蜃気楼〉になれないよ」

エドガーは男へ向けて歩き出す。

一歩。男が弾《はじ》かれたように後ずさり、聖堂に靴音を響かせた。

「学園を掌握してくれて助かったよ。今この場に人の目はない。防衛機構が沈黙しているなら、映像記録に残る心配もないからな」

唯一、目撃者たり得た者は、先ほど眠らせて夢の中だ。

椅子で安らかな寝息を立てる少女を思えば、エドガーの口元も自然と綻ぶ。

「ようやく好きにやれる。カリンたちの安全が確保できた以上、アンタのお粗末な計画に付き合う必要も、もうなくなった」

「……余裕だな。私はまもなくＣ文書を、」

「公表するって？　放送局へのハッキングと、首都に仕掛けた爆弾——そんなもの、ここに来るまでにとっくに対処してきたのに？」

男がまるで、油を差し忘れた機械のように、硬く身じろぐ。

ハッタリだと断じようとしたのだろう。だが、あまりにエドガーが平然としているからか、震える手つきで通信機で何処《どこ》かへと連絡を取り始めた。

――もっとも、返答があるはずもない。

その証拠に、男は顔を青ざめさせる。

「……ありえない……どうやって……！」

「そんなことくらいできなきゃ、その名は背負えないんだよ」

スパイは嘘《うそ》を身にまとう。

外套《がいとう》でも羽織るように、エドガーはその嘘を身にまとった。

かつて〈蜃気楼〉と呼ばれた亡霊の名を冠する、古びた外套を。

「なあ。本物の〈蜃気楼〉を、知ってるか？」

■

リズ曰《いわ》く、エドガーは病み上がりである。

およそ二年にも亘《わた》る昏睡《こんすい》。

人間を錆《さ》びつかせるには十分すぎる眠りから覚め、学園へ潜入するにあたって、彼が錆《さび》落としに宛がった期間は最低限の二週間。

たとえ〈蜃気楼〉というスパイの性能が超人的であったとしても、時間という枷《かせ》だけは誰にでも平等で、当然のように彼の能力に制限を課した。

故に、エドガーが〈蜃気楼〉としての性能――全力を発揮できる時間は限られる。

「……精々が一二〇秒くらいか」

「なに」

「気にするな。短いが、お前の嘘を剝がすには十分だろう」

〈蜃気楼〉の真贋は、周囲の評価によって決まる。

小隊の少女らが〈蜃気楼〉を騙る何者かを信じたように。そうである、と認められるだけの力を示せば、真贋はいとも容易《たやす》く傾き、嘘は真実へと裏返る。

だが、この場に審判者《ギャラリー》はおらず。

であれば、嘘を暴《あば》く手段もまた、原始的なものしか残ってはいないだろう。

人が本性を露《あら》わにする瞬間など――往々にして、決まっているのだから。

蹂躙《じゅうりん》し、絶望させる。ただ、それだけのために。

少年は、己に課せられた枷を解き放つ。

〈蜃気楼〉が、動いた。

歩くように駆ける。

そう表現するしかない様を、男は目の当《ま》たりにする。

それもそのはず。男は〈蜃気楼〉を正しく視認できていない。認識の埒外《らちがい》を超えた歩法で移動する少年。その姿すらまともに捉えることのできぬまま。

男は、己の腹部にめり込む殴打《おうだ》の音を聞いた。

「か、はァ……!?」

内臓が文字通り潰されたような苦悶《くもん》に、男が呻《うめ》く。

たまらず膝が崩れそうになるも、少年はそれを許さない。

まるで久方ぶりに再会した親友と肩でも組むように、男の肩に腕を回すと、持ち上げるようにして無理矢理に立たせた。

「〈蜃気楼〉は、膝を突かない」

視《み》えない。姿が追えない。

その事実は男の恐怖を煽《あお》り、無我夢中で〈蜃気楼〉から離れることを選ばせた。

しかし選択は意味を生まない。

退いたところで、男がひとたび瞬《まばた》けば、それ以上、足が動かなくなる。

膝に、力が入らない。自分の体のはずなのに、動かない。

違和感に足を見下ろしてみれば、服の至る所が裂け、赤く滲《にじ》んでいた。

その有様を見て——ようやく男は、自らが切り刻まれたことを自覚する。

刃引きされたはずのナイフで、気づく暇を与えず、痛みを覚えることすら許さず、逃げられないように足の腱《けん》を潰されたのだと。

「ひっ……ひぃ、あッ、ああッ」

「〈蜃気楼〉は、逃走しない」

赤子のような悲鳴は、しかし長くは続かなかった。

少年が男の首を摑《つか》んだ。

宙に浮かすように持ち上げれば、こひゅ、と男の喉が締まる。

「〈蜃気楼〉は、復讐などと妄言を語らない」

——ああ。これでは、正体を暴くためだけだとは言えないな。

今この瞬間、己がスパイを逸脱していることを、少年は自覚する。

彼の心を占めるものは、あってはならない私情。怒りだ。

あろうことか〈蜃気楼〉の名を使い、小隊の少女らを操ろうとした男は、少年の逆鱗《げきりん》に触れた。

「お前は、私の名《そ》を騙《かた》るに値しない」

「……ぁ、ぁ、あぁはは、ぁはははははははッ」

酸欠に喚《わめ》く男が、口から泡を吹きながら笑い始める。

苦悶に塗《まみ》れた呻きが、いつしか、それ以外の感情を乗せようとした。

——その、心から湧き上がる歓喜を。

「やは、り……あなたは、あなたは生きておられたのですね……っ」

——〈蜃気楼〉。

男がそう口にすると、少年は手を緩め、男を解放した。

咳《せ》き込み喘《あえ》ぎながらも、恍惚《こうこつ》とした表情で己を見上げるその顔からは、一切の嘘が剝がれ落ちていた。

「ずっと……ずっと、探して、おりました。ああ、嗚呼《ああ》、ようやく会えた！」

「何を知っている」

「あなたを探すために……不遜にも、あなたの名を騙った愚行をお許しください」

もはや男に先ほどまでの傲慢な気配は微塵《みじん》もない。

心の底から平伏するように、あるいは忠義を誓う臣下のような振る舞いである。

──一つ、疑念は残っていた。

そも、この男が偽者《にせもの》である以上、前提が崩れているのだ。

〈蜃気楼〉を騙るのなら、他人の復讐《ふくしゅう》をするなどという目的は成立しない。

C文書を世界に告発したところで、得られるのは国家に逆らい、処刑されるという結末だけである。

では、そうまでして成し遂げる目的があるとすれば。

「ですが、甲斐《かい》はありました。あなたは現れてくださった。自らの名を騙り、世界に現れた不遜な輩《やから》を誅《ちゅう》するために！」

「……〈蜃気楼《わたし》〉をおびき寄せるために、この名を騙ったのか？」

道理で杜撰な計画のはずである。

C文書の告発？　〈蜃気楼〉を陥《おとしい》れた帝国への復讐？

そんなもの、ただの副次的な結果に過ぎなかった。

──男はただ、偽の〈蜃気楼〉という姿を世界に晒《さら》すだけで、本物の〈蜃気楼〉を誘い出すという目的を果たせるのだ。

「何を思い、この二年もの間、陰に隠れていたかは存じません。しかし、あなたしかいないのです。王になってください。我らの……名を失い、国を喪《うしな》い、行き場を亡《な》くした我ら〝亡国〟の主《あるじ》に！」

「……命乞いの語り口としては落第だな」

少年は男の額に銃口を突きつけた。

込められた弾薬は麻酔弾ではない。無力化したエリートの少女らより回収した、実弾の装填された拳銃を手に握っていた。

だが、死を目前にしても、男は少年の足下に縋《すが》りつき、嘆願をやめない。

「我ら〝亡国〟は、国家に捨てられた者たちの集まり。軍人、スパイ、研究者。あらゆる分野に秀《ひい》で、それ故に闇に葬《ほうむ》られた死者が創りし国です！　必ず、必ずや〈蜃気楼《しんきろう》〉の力にもなりましょう！　世界への復讐を、我らと共に成し遂げてください――！」

「勘違いを訂正しようか」

男の一切の事情を、否《いな》と少年は切り捨てた。

カチリ、と硬い音を立てて、銃の安全装置を解除。引き金に指を優しく這《は》わす。

愛弟子《まなでし》曰く、繊細に扱うように、ゆっくりと。

「〈蜃気楼〉は──ただ、あの子たちの幸せのために存在する」

引き金を、絞った。

終章　What colour?

パァン、と。

何処《どこ》かで、銃声が轟《とどろ》いた。

「……ん?」

変装科の学棟。その屋上で立ち尽くし、ぼーっと空の雲を眺めていたエドガーは、音の出所を探ろうと眼下に目を向けた。

スパイ候補生らが銃を片手に、校内を駆け回っている。

服装からして、尋問科と戦闘科の生徒だ。またぞろ今日も、何かしらの情報を巡って銃撃戦を繰り広げているらしい。

世紀末と称された日常風景。なんともはや、実に、実に。

「平和だな」

——ええ、嘘《うそ》でしょ……。

何処からか、上司の呆《あき》れ声が聞こえた気もするが、生憎《あいにく》と定時連絡は今夜の予定だ。きっと幻聴だろう。

それに、直近の出来事を思えば、銃撃戦の一つや二つくらいなら、平和と言ってもいいはずだ。

──偽者の〈蜃気楼〉が出現した日から、三日が経《た》った。

ことの顚末《てんまつ》を振り返れば、びっくりするほど穏便に片付いた、というのがエドガーの感想である。

最大の懸案事項であった、エリートの少女らの処遇。

偽者の〈蜃気楼〉に協力し、帝国の重要機密を暴露することで、あわや国家転覆をしかけた彼女らに下った処分は、まさかのお咎《とが》めなしだった。

厳密には、首謀者である偽者と接触したことから、中央情報局の取り調べを受けたらしいが、実害としては皆無である。

何故《なぜ》、これほどまでに平和的な解決を迎えたかと言えば、ある一人の救世主の尽力があったからに他ならない。

最初から最後まで、徹頭徹尾、騒ぎに踊らされた被害者。

そう──中央情報局の要職に就く部長様である。

首謀者はあくまで〈蜃気楼〉という伝説のスパイを名乗る何者か。

エリートの少女ら含め、スパイ候補生らは、首謀者が内容をすり替えた偽りの定期試験に全力を尽くしたに過ぎず、決して咎められる責はない、と。

なんと慈悲深い擁護だろう。

他ならぬ中央情報局の人間が庇《かば》ったことで、エドガーを含めたスパイ候補生らは、再び学園に戻ることができたのだ。

取り調べを受ける際、エドガーは部長様と顔を合わす機会があった。

実に気まずい再会である。

壁に頭を押しつけたり、銃で撃ったり、あげく放置したりと、やりたい放題。

これもしや国家反逆罪で処刑されるのでは、と冷や汗を掻《か》くエドガーだったが……。

――なぁに、気にするな。

――いい腕だったよ。君は見込みのあるスパイだな。

そう豪毅《ごうき》に笑みすら浮かべるのだから、エドガーの中における部長様の株は、天井を突き抜けて空まで届く勢いだった。

部長様がイイ人すぎる。

どうにか味方に引き込めないだろうか、と小一時間本気で悩んだりしつつ、一方で万事解決とはいかない問題も残っていた。

今現在、エドガーの頬を、チリチリと焦がすように突き刺さる抗議の眼差《まなざ》し。

じぃぃっ、と。

エドガーの隣で、彼に湿り気を帯びた視線を送る、カリンお姉様の機嫌である。

「そんなに見つめられると照れるな」

「これは睨《にら》んでるの」

本人の自己申告ではそうらしいが、エドガーからすると、カリンの眼差しは初対面の頃より随分と柔らかくなった。

今も睨むというより、拗《す》ねたような表情にしか見えない。

「私、まだ納得してないからね？　いざ最終決戦、って乗り気なところで、突然あなたに麻酔弾で撃たれた気持ちわかる？　目が覚めたら全部終わってるし！」

「いや、悪かったよ」

カリンのお怒りもご尤《もっと》もである。

少女は両手を腰に当てて憤慨する。

「しかも、結局あの偽者を取り逃がすって、〝君が傷つくところは見たくない〟──なんて格好いいこと言われて、ときめいた私の一瞬を返して！」

「面目ない。本当にこの通り。悪かった！」

平身低頭で両手を合わせるエドガー。すると、カリンは毒気を抜かれたように、濁しながらも怒気を収めた。

「……まあ、相手は仮にも〈蜃気楼〉を名乗る相手だったし？　撃退できただけでも十分すごいとは思うけど。私も、エドガー君がいなかったら、あいつを止められなかったから……その、ありがと」

「そう言ってくれると助かるよ。俺も逃したことは悔しいけど、ある意味、収まるところに収まったとも言えるからな」

エドガーが呑気《のんき》に語れるのにもワケがある。

諜報《ちょうほう》世界の伝説〈蜃気楼〉を名乗る、国家の安全を脅《おびや》かした大罪人。

そのように中央情報局に認知された偽者は、C文書の一件で虚仮《こけ》にされた諜報機関全員の怒りを買い、一夜で帝国中から追われる身となった。

そしてつい昨夜、追いかけっこの続報が届いたのである。

「──逃走中の事故で足にしてた車が炎上。偽者も、そいつが持っていたC文書も、炎に焼かれた。現場は今頃、保全やら鑑定やらで大忙しだろうな」

C文書は灰となった。

とびきりの厄ネタは、表に出なかった、という意味で、関係者の首の皮を一枚繋《つな》げたのだ。部長様が穏便にことを済ませた理由の一端である。

　国家の秘密は守られた。

　その報《しら》せに喜ぶ者もいれば、惜しむ者もいた。

「……遺体の確認もできないくらい、ひどい有様らしいけどね」

　ややトーンを落としたカリンの暗い声。

　理由は敵対者であれど死者に持ち得る憐憫《れんびん》か、それとも――。

「悪かったな。C文書……あの偽物《にせもの》の言葉が本当なら、〈蜃気楼〉のことが何かわかるかもしれなかったのに」

「いいよ。あの時は、偽者を追い詰めるだけで頭がいっぱいだったし……文書が本物っていう証拠もなかったから。それに、燃えちゃったらどうしようもないもの。結局はエルダー・エリートになればいいだけ。臨時収入も入ったしね」

　臨時収入。カリンの表現は言い得て妙だった。

　前代未聞《ぜんだいみもん》、定期試験を乗っ取った国家転覆計画は頓挫した。

　合わせて、隠れ蓑《みの》に利用された試験そのものも、事情が事情であると一度白紙に戻ることとなる。

　ただ、それとは別件で、大罪人である偽の〈蜃気楼〉を追い詰めた功績とし、エドガーとカリンにはささやかながら〝点〟が配られたのだ。

点。帝国スパイ養成機関〈クリプトス〉における功績。すなわち、願いを叶《かな》えるための切符。

カリンの目的——エリートの頂点に立ち、〈蜃気楼《しんきろう》〉の死の真相を暴《あば》こうとする意思は依然として不変である。

そして、彼女を支えるエドガーの役割もまた変わらない。

「それに……もしかしたら、隊長は生きてるかもしれないもの」

「また、どうして」

エドガーが軽く目を瞠《みは》れば、カリンは淡く口元を綻ばせた。

「あの偽者は、隊長の名を騙《かた》って、復讐《ふくしゅう》するなんて言ってたけど……偽者なら、そんなことする意味ないでしょ？　案外……派手な騒ぎを起こして、それを知った本物の隊長をおびき寄せようとしてたんじゃないかなって、今は思うんだ」

「伝説のスパイは、実は死んでなかった、か。ロマンがあるな」

「ふふ、でしょ？」

きっとカリンは、言葉ほど、その可能性を信じていないのだろう。

制服の胸元。服の中に仕舞われた宝石細工を撫《な》でる眼差しは、穏やかでありながらどこか儚《はかな》い。

　だが、その顔は晴れ晴れとしており、希望を語るように微笑《ほほえ》む。

「隊長は生きてる。二年前のあの日から、生き延びてくれてるかもしれない。……そう思えるだけでいいの。それだけで、私はがんばれるから」

「……まあ、君が元気になれるなら何よりだよ」

「そ、それだけじゃないけどね？」

　一瞬言葉に詰まったエドガー。その沈黙を如何様《いかよう》に捉えたのか、カリンはやや頬を紅潮させると、そっぽを向きながら言った。

「ちょっとは頼りになる協力者も、いるし？」

「……素直になったなあ」

「い、いいでしょ別にっ。……もう、私も馬鹿だ。やっぱり思い違いだった」

「思い違い？」

　面白くなさそうに腕を組み、唇を尖《とが》らせる。

　そんな風に見るからに不貞腐《ふてくさ》れて、カリンは、むぅと可愛《かわい》らしく唸《うな》った。

「もしかしたらエドガー君が、正体を隠して現れた隊長なんじゃないか、って。今思うと本当に恥ずかしい勘違いだったよ」

「――……似てるんだったか」

「〝色〟が、ね？　私の視《み》てる色って、一人一人に特有の色があって、それが感情の揺れ動きで少しずつ変わるイメージなんだ。パレットで絵の具を混ぜる感じ？　でも、本人の色は一番濃い絵の具だから、どんなに感情が逆立っても変わらないの」

「ふぅん。身分証明書みたいなものか」

「もうちょっといい喩《たと》えないの……？」

些《いささ》か情緒のない言い方ではあるが、実際、カリンが偽の〈蜃気楼〉を偽者だと断じることができた根拠でもあるはずだ。

歩幅や銃の持ち方が違うとか、細かすぎる指摘はさておいて。

「まあいいけど。……隊長はすごく珍しい色をしてるの。純白だよ。誰にも踏まれたことのない雪みたいな真っ白なんだ」

「……へえ」

「あまりにも白いから、どんな感情が浮かんでも、色が白いまま変わらない。だから私も隊長だけは、感情の動きが読めないし、嘘《うそ》を見抜けなかった。特徴的な色だから、変装はされてもすぐわかるんだけどね」

――隊長の変装だって見破れるんですよ？

いつかの琥珀《アンバー》が嬉《うれ》しそうに口にした言葉を思い出す。

真実、琥珀は〈蜃気楼〉の変装を見破れる唯一の人物だった。

彼女の前に立てば、伝説のスパイも形無しに、たちまち正体を暴かれる。

「エドガー君は、隊長にそっくりな白い色をしてる。でもね、白は白でも、ちょっと灰色っぽい白なの」

きっと今も、カリンの瞳には、エドガーの〝色〟が視えているのだろう。

懐《なつ》かしい想《おも》い出。まるでそれに別れを告げ、惜しむように目尻を下げる。

そうして、少女は自分に言い聞かせるように小さく頷《うなず》いた。

「うん。あなたと隊長は、やっぱり別人だね」

「……そうか」

ややあって、エドガーは笑った。

唇の端をつり上げて、茶化すような笑みを形作る。

「俺が愛《いと》しの隊長さんじゃなくて、残念だったか？」

「……さあ、どうでしょう」

ふふ、とカリンが悪戯《いたずら》っぽく微笑み返す。

その笑顔が嘘かどうか、暴くのは野暮というものだろう。

■

――そこは暗くじめじめと湿った場所。

地上の光が差さない地下室。誰にも暴かれることのない闇夜の住処《すみか》。

「気分はどうだ？」

剝《む》きだしの岩壁に囲まれた殺風景な部屋に、二人の人間がいた。

一人は、ぽつんと置かれた椅子に座る男だ。その両手は椅子の背に回され、身動きできないように、分厚い鎖で固く縛られている。

もう一人は、そんな男に語りかけている少年。

拘束されている男は死人である。ただし、生命活動が止まった意味での死者ではなく、比喩としての亡者《もうじゃ》だ。

この世に存在しない人間。

――つい先日まで、〈蜃気楼〉の名を騙っていた偽者の男だった。

度重なる尋問により憔悴《しょうすい》した彼は、しばらく目を覚まさない。

そう、返答がないことを理解しつつ、少年は独りごちる。

「事故の偽装は完了した。君が生きてると知る人間は、もう誰もいない。これで名実共に死人の仲間入りだ。一応、歓迎はしようか」

死んだはずの人間が生き長らえた。

であれば、彼と共に灰に還《かえ》ったはずの秘密も、失われてなくとも不思議はない。

少年の手に握られるのは、一見すれば何の変哲もない紙束。

C文書。

少年が何気なしに眺めるそれは、国家機密として指定され、炎と共に葬《ほうむ》られたはずの資料だった。

「C文書の周りを彷徨《うろつ》く鼠《ねずみ》。少し泳がせてみれば、思いの外、大きな戦果を持ち帰ってくれたたな。おかげで、予定より早くC文書を回収できた」

かつて〈蜃気楼〉と呼ばれた、伝説のスパイが姿を消した作戦の記録。

事の子細を読み込み、決して表沙汰になることのない秘密を少年は知る。

そして、懐《ふところ》より取り出したライターで、資料の端に火を点《つ》けた。

「君はあの子たちを利用したつもりだろうが……自らもまた、何者かに利用されているとは考えなかったのか？」

秘密は今度こそ真っ白な灰となって、床に散り積もる。

軽く靴底ですりつぶせば、焦げた臭いが宙を舞い、鼻腔《びこう》を刺激した。

「また来る。曜日の感覚もないだろうが、明日にな。有益な情報を期待するよ」

そう言い残して、部屋を後にする。

縦は狭く、横に広い。

そんな地下室で硬い靴音を反響させながら、少年は考える。

「〝亡国〟。国家に抹殺された者たちの集い。死者の国とは大きく出たものだ」

事故を偽装したとはいえ、亡国とやらが真実に気づくのは時間の問題だろう。

偽の〈蜃気楼〉は、本物の〈蜃気楼〉を探す命を下された先兵だ。

となればいずれ、男が消息を絶った地点――帝国スパイ養成機関〈クリプトス〉に、亡国から疑惑の目が向くのは確実である。

もっとも、と少年は頭《かぶり》を振る。

「C文書は機密。いくら不意を突かれたとはいえ、中央情報局があぁも容易《たやす》く蔵を暴かれる訳はない。大方、学園内に既に連中の手が伸びているのだろう」

生徒か、教官か。あるいはより上層部《うえ》か。

どちらにせよ、迎え撃つしかあるまい。件《くだん》の亡国には尋ねたいこともある。

少女らの素性を知っていた連中だ。恐らくは。

「〈蜃気楼〉を陥《おとしい》れた内通者についても、情報を持っているといいが」

裏切り者を見つけること。

それもまた、小隊の少女らを救うために、必要な道程の一つなのだから。

「……リズの定時連絡まで少し時間があるか」

少年は独り言を呟《つぶや》き続ける。

その耳に装着される通信機は、間違っても音を拾うことはない。

地下室は完全な電波暗室だ。彼の上官ですら、この根城は知らないのだから。

キッチンと兼用の水場で、少年は顔を洗う。

柔らかいタオルで水気を拭き、顔を上げれば、備え付けられた鏡の中の自分と目が合った。

古ぼけた鏡だ。端々に錆《さび》も浸食している。

「偽者《にせもの》。……偽者か。まさかそんなものが、本当に現れるとはな」

鏡に映る少年は、静かに己を見返してくる。

エドガー・フランク。

変装を常とし、誰にも痕跡を摑《つか》ませない〈蜃気楼〉——記号でしかない伝説のスパイの知られざる素顔だ。

上官であるリズを含め、ごく一部の人間のみが知る機密情報。

嘘の外套《がいとう》に身を包む〈蜃気楼《しんきろう》〉の存在を証明する、唯一にして絶対の真実。

——故にこそ、この虚構《うそ》は機能する。

少年は掌《てのひら》をかざし、顔を覆い隠す。
まるで仮面でも脱ぐような気楽さで、その嘘を剝がしてみれば。
鏡に映る己は、まったく別の顔をしていた。
「……似ていないな」
そこに映る姿は、エドガー・フランクではなく、ましてや〈蜃気楼〉でもない。
影に塗り潰された顔は、誰でもない誰かのモノ。
久しぶりに見たその面は、もはや自分の顔である認識もなく。
懐旧の情すら抱けない心が、己は心の底からスパイなのだと告げていた。
「いいさ。後悔などするはずもない」
元より引き返す道はない。分水嶺《ぶんすいれい》はとうに越えて久しい。
この身は、琥珀たち小隊の仲間……家族である少女らのためだけに在る。
あの子たちが笑って過ごすためなら、何を捧《ささ》げたって構わない。

そう決めたのだ。

だって――。

「お前は、スパイだからな」

嘘を吐《つ》いたからには、笑って、最後まで貫き通そうじゃないか。

そうだろう。


なあ、〈蜃気楼〉？

あとがき

はじめまして。

本作を手に取ってくださり、ありがとうございます。

紙面越しですが、まずは、感謝の抱擁《ほうよう》をさせてください。感激です。そのまま手を取り合って一曲踊りませんか？　ああそんな、嫌とは言わずに。さあ、ぜひ。ぜひに。

――取り乱しました。

いや申し遅れました。武葉《たけば》コウという者です。

初っぱなから暑苦しく、大変失礼いたしました。

デビュー作が発刊されてから、およそ一〇年近い年月が流れ、あとがきの書き方を忘れて錯乱《さくらん》しているのが建前《たてまえ》。

本作『スパイ〃アカデミー』に少しでも興味をお持ちくださり、ページを開いてくれた読者のあなたに、何よりの感謝を申し上げたいのが本音でございます。

正体を隠して、という導入から始まる物語は、作者の大好物でもあるのですが、皆様の琴線《きんせん》にも触れることがあれば幸いです。


本作を出版するにあたり、多くの方々のご尽力をいただきました。

イラストを担当してくださった、色塩様《しょくえん》。各キャラクター分、束でファンレターをお送りしたいほど、素晴らしいイラストの数々です。実際送ると物量が申し訳ないので、せめてこの場で簡潔に一言。——表紙のカリン、最高です。

前作から引き続き、共に本をつくり上げてくださった、担当様。こうして本を世に送り出せるのは、一〇年近く野を彷徨《さまよ》っていた武葉に根気よく付き合っていただいた、担当様のおかげです。あなたがいなければ、今の武葉はありません。

素敵なコメントを快く寄せてくださった、竹町《たけまち》先生。ありがとうございます。『スパイ』の先駆者よりいただいた極上のお言葉、この上なく嬉しいです。

出版に至るまで携わってくださった、全ての方々に感謝を。

そして重ねて、何度でも口にしたい「ありがとう」を読者のあなたに。

もしも、次巻でまた感謝を捧《ささ》げることができれば、この上なく幸せです。

二〇二三年七月　武葉コウ

お便りはこちらまで
〒一〇二－八一七七
ファンタジア文庫編集部気付
武葉コウ（様）宛
色塩（様）宛

富士見ファンタジア文庫

スパイ≒アカデミー
真実《しんじつ》を惑《まど》わす琥珀《アンバー》
令和5年8月20日　初版発行

著者――武葉《たけば》コウ

発行者――山下直久
発　行――株式会社KADOKAWA
〒102-8177
東京都千代田区富士見2-13-3
0570-002-301（ナビダイヤル）
印刷所――株式会社暁印刷
製本所――本間製本株式会社

ISBN978-4-04-075106-1 C0193　◇◇◇

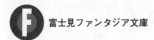

切り拓け！キミだけの王道
ファンタジア大賞
原稿募集中！
賞金
《大賞》300万円
《金賞》50万円
《銀賞》30万円
選考委員
細音啓「キミと僕の最後の戦場、あるいは世界が始まる聖戦」
橘公司「デート・ア・ライブ」
羊太郎「ロクでなし魔術講師と禁忌教典《アカシックレコード》」
ファンタジア文庫編集長
前期締切 8月末日
後期締切 2月末日
公式サイトはこちら！ https://www.fantasiataisho.com/
イラスト／つなこ、猫鍋蒼、三嶋くろね